源起山海圖經
金車奇幻小說獎
傑作選

Content

目次

第三屆・特優

〈還魂〉

瀟湘神

作者簡介／瀟湘神

本名羅傳樵。一九八二年出生，畢業於東吳大學中文系、臺灣大學哲學所東方組碩士班。性善論者，興趣是人類學、民俗學、城市發展、腦科學等等。曾獲第十四屆臺大文學獎小説組第二名〈框〉、第十五屆臺大文學獎小説組佳作〈垂直都市〉、2012年角川輕小説獎短篇組銅賞〈大臺北繪卷〉、金車奇幻小説獎特優〈玄牝之門〉、〈還魂〉，現已出版《臺北城裡妖魔跋扈》、《帝國大學赤雨騷亂》，同時也是實境遊戲設計師，曾策劃〈金魅殺人魔術〉、〈西門町的四月笨蛋〉、〈城市邊陲的遁逃者〉等遊戲。

「嗶嚕啾、嗶嚕啾。」

靈鳥嘎汝的聲音近在耳旁，跟我粗重的呼吸聲混在一起。牠們在我身邊飛舞，由光構成的羽毛觸碰我緊繃的肌膚。吵死了。沒想到悅耳的鳥囀，現在聽來也如此乾澀。我拿獵槍指著眼前的女人，烈陽抽乾我們間的濕潤，及她眼中的生氣——

不，是本就缺乏生氣吧。我終於瞭解她的意思，現在的她正是如此。她那討好人的笑，只是徒具型式的雕琢，是巧匠的贗品，燦爛卻不誠懇。那是黑色的笑。這都是一瞬間的事，我閉上左眼，槍口瞄準她的心臟。四周的麻亞人騷動起來，但他們來不及，不會來得及的。

我露出幸福的笑。

我想起來了。從她救了我那刻起，我便屬於她，至今依舊如此。但上天何等殘酷，我竟要親手殺死她，還很樂意這麼做。我愛她，緊接著便要去見她了。我們間一切的回憶都唆使我這麼做。

「再見。」我用麻亞語說。

槍聲響起。麻亞人狂叫起來，我再開一槍——

「碰。」

一年前，槍聲將我擊墜意識的深淵。我迷迷糊糊地張開眼時，只覺自己飄浮在深海中，靈魂向下沉。再沉下去就會死，我隱約察覺到，卻不想掙扎，彷彿此生的疲倦都壓在身上，連求生的力氣也無。

陽光透過意識的海面照來，迷幻而閃耀。海上有聲音，那是有穿透力的聲音，透過聲音，我彷彿看到遙遠的景色。我看到稻田、風箏、母親的臉。那時母親還會笑，她塗著口紅的鮮豔嘴唇，在光影中有如落日，蠕動在潔白的牙齒上。影像很快便過去了，從我伸出的十指間溜走，變成漆黑、沉重的景色，我自己的臉由上而下迫近，睜眼俯視，鐵青而巨大，露出殘酷的笑。那張嘴流洩出的全是詛咒，是我對自身的厭惡之情。

我閉上眼，不再看他，任自己向下沉淪。若沉入這片深海，立刻便會被強大的水壓吞沒，但我無所謂。

「拜託活下來。」

忽然一個清澈的聲音穿透海面，直擊我的耳鼓，在耳蝸中迴蕩。那是不屬於我生命的聲音，是麻亞語。真不可思議，這段期間我也聽了不少麻亞語，卻第一次意識到麻亞語這麼好聽。但她終究是我生命的局外人。

「求求你……別放棄生命。活下來。」

她聲音帶著悲傷。

為什麼？我們明明是彼此生命的過客，我與所有麻亞人都是。就算我已在達達武住了三個月，也只是來田野調查的人類學研究生，不是嗎？但她的聲音如此明亮，卻又神祕、帶著不可思議的玄妙。為什麼？為什麼她要呼喚我？

「我一定會救你。你一定要活下來。如果你死的話，我……」

她挑起了我的好奇，我張開眼，海面上又是眩目的陽光。我怔怔地伸出手——

「哈啊……！」

好痛！我用力喘氣，感到意識浮出水面，這才發現手伸不出去。這是怎麼回事？我還來不及認清四周，便因四肢的劇痛冷汗直流，發出呻吟。因為太痛，我連撐起自己都做不到。到底怎麼了？這是哪裡，我還在達達武嗎？

「你醒來了？」女性喜悅的聲音。一個影子接近，籠罩我的臉。這似乎是某個洞窟，我身下鋪著乾草保溫。朝陽從洞外照來，在她身邊拉出一團濃厚的陰影，卻不嚇人，反有種私密的親暱感。明明背光，她水靈的大眼卻依稀可見，她撫著我的手，麻亞語溫柔而流利：「太好了，我還怕你永遠醒不來……」

奇怪，我對她毫無印象。

她毫無疑問是麻亞人，而麻亞人部落就只有達達武。我在達達武田野了三個月，理應認識部落中的每一位麻亞人，為何我沒見過她？難道除了達達武，還有其他麻亞部落？還是她嫁到其他部落去？我正要問，大腦卻像被塞進一團綿花，命令卡在靈魂邊緣，傳不到身體上。我勉強哼了幾聲，不得不放棄對身體的主控權，再度昏了過去。

「聽說你可以去達達武？」

我回過神。

「你怎麼知道的？」我看向說話的同學，彷彿被看穿祕密一樣，心跳快了起來。但他若無其事地說，甚至沒對上我的眼：「老師說的啊。真不敢相信，達達武拒絕了這麼多人，大家都快放棄了，結果居然是你去。我還以為你的興趣在考古哩。」

我勉強自己擠出笑容：「是啊，我很幸運。」

「你以為我在說你幸運？」同學搭著我的肩膀，那隻手就像獸爪，他附在我耳邊說話，讓我感到野獸般的惡臭與腥熱。「我是在說你不值得。從考古跨向田野……你憑什麼？為何偏偏是你，你知道有多少人想去達達武嗎？」

我知道，所以我才不想讓別人知道。

「是很幸運啊！」真正的同學笑著拍拍我的肩膀，將我想像中凶惡的幻覺驅散。「政宏可能會有些不爽，他也爭取到達達武很多次，但人家就是不准，也沒辦法。你第一次就通過，倒是蠻意外的。不過我的領域跟你差太多，所以就恭喜你啦！」

我勉強笑，回想眼前的同學到底是做什麼領域的？卻想不起來，心裡慌得不成樣子。他現在說的這番話，到底是不是真心，我心裡也沒底。我在這個所上血統不純，之前唸的是別的學校，直到現在還無法融入。但別說這個所，難道我就融入之前的大學了？

我想起老師聽到我要去達達武時的表情。他皺起眉，有些猶豫，似要勸諫，最後卻沒說出口，只問了一句——

「你為何要做田野？」

「嗶嚕啾、嗶嚕啾。」

悅耳的鳥囀。我睜開眼，感到耀眼的陽光在洞穴外散發著誘人的溫度，微微的暖意搔著我的肌膚，我雖然沒動，卻感到身子裡微微痠癢，想動又不想動，好像在腐朽的樹幹中，有一朵含苞待放的花，正要衝破束縛。

我轉過頭，發現自己躺的地方離洞穴出口不遠，幾步之遙的地方有柴火的餘燼。沿著洞穴的邊緣，擺放著陶製的甕與壺等日常用品，旁邊放著兩把形狀不同的鐵刀，更外面放著現代化的粉紅色塑膠桶，邊緣掛著毛巾，標籤還留在上面，看來卻已舊了。看甕與鐵刀的樣式，不盡然是麻亞的文物。我好歹在達達武田野了三個月，也畫過好幾個文物，不至於看不出來。

這裡有生活的痕跡，卻沒見到那女人。她到底是誰？我昏迷多久了？為何我會在這個洞窟裡？我閉上眼，頭卻還是有些昏沉。我最後的印象，是達達武部落的頭目向我解釋瑪比巫大祭的準備——

瑪比巫大祭是木斛蘭開花後二十六天進行的祭儀，由好幾個小祭組成，是達達武部落的兩大祭之一。因由許多小祭組成，所以很複雜，加上我麻亞語不好，聽得有些吃力。瑪比巫大祭的高潮是迎接迎靈界之神巴埃嘎努，這段時間有許多禁忌，頭目一一細數給我聽，並帶我去看儀式用具，然後……

然後呢？

我皺起眉，想潛入記憶的迷霧，卻失去方向，連該往哪裡尋找都不確定。該死的，我到底怎麼了？我抬起手，忽然劇痛。

「啊！幹……」

我不禁罵了髒話。對啊，我受了傷。我試著移動手臂，雖然會痛，但不至於動彈不得，於是我忍痛抬手，驚訝地發現右手臂敷著某種草，並用細麻繩捆了好幾重。這麼古老的治療方式，應該是麻亞人做的，但我到底是怎麼受傷的？

我抬起左手，發現左手同樣的位置也有包紮。雖不知是怎樣的傷，但光動手指，整隻手便抽痛起來。才試了幾下，我便痛到氣喘噓噓。

不行，要是勉強下去，恐怕更難復原。但不知為何，我忽然憤怒起來——對這莫名其妙的現況感到憤怒——我到底怎麼了！我要瞭解在我身上到底發生了什麼事！我用腹部的力量撐起上半身，舉起手，用牙齒去拉扯麻繩，想把它解開，不一會兒我便滿頭大汗。我勉強用還能施力的左手拇指與小拇指捏住線頭，終於解開麻繩的結。太好了。我咬住麻繩，活用頸部跟手臂的動作將麻繩拆掉，咬下敷在上面的草藥，觀察手上的傷。

這是怎麼回事？我呆住了。

還沒看到前，我本以為是刀割，或被重物壓到骨折粉碎，但我手上的傷口，怎麼看都像是電影上的槍傷……更奇怪的是，傷口周邊有燒傷的痕跡，我聽說過，這是極近距離開槍才會造成的痕跡。

有人對著我的手近距離開槍……？

我到底發生了什麼事？

「啊，你醒來了。」女子的聲音響起。只見穿著麻亞族服飾的年輕女子站在洞口，她拿著一隻兔子，像上次一樣背著陽光。她走進來，我忍不住縮起身子，媽的，好痛！我這才發現小腿也包紮著草藥，我到底是怎麼受傷的？我用麻亞語大聲問：「妳是誰？我到底怎麼了？這裡是哪裡？」

「你會說麻亞語？」她喜出望外，接著看到我的右手臂，臉色一凜，立刻丟下兔子，一陣風般地衝到我身邊，將草藥敷上去：「你別動，別動。把這拿掉就好不起來了。」她麻亞語真是說得十分好聽，我在學基本麻亞語時只覺得痛苦，從不覺得動聽。但此情此景，我不禁掙扎：「妳是誰？我為何在這裡？」

「我是塔拉嫵。生於達達武，悠侯勒家的塔拉嫵。」她按住我的手，我聽她的話呆住了，停止掙扎：「悠侯勒？妳是達達武頭目家族的人？為何我們會在這裡，不在達達武？我到底怎麼了？」

她聽到「達達武頭目」時動作緩了下來，但很快恢復過來，將我的手包紮好。塔拉嫵低著頭，她睫毛好長好長，眼睛有如沉在水中的寶石。但她再度開口時，聲音帶著哀傷。

「我……不知該從何說起。這不好解釋，但我會試著告訴你。你遇到的事，一部分是我造成的，我不希望如此。但我想先問你一件事，達達武……我們部落出現在『氣息的向陽地』應該是最近的事，大約是什麼時候？」

氣息的向陽地，我不明白這詞的意思。但我猜那是「發現達達武部落」的時間，因為那本就是學界的一大謎團。我說：「大約是兩年前的事。」

「兩年……」塔拉嫵抬起頭，吸了口氣，低聲嘆息：「原來我死去三年了。」

我瞪大眼看著她，洞外微光勾勒她的後頸與手臂，宛如金色的蛇。她對上我的眼，那黑色的雙眸明晃晃的，像要將我吞噬進去。

白色的粉筆在黑板上劃過，粉筆屑落下，在助教的書寫中有如下雪。只見黑板上寫了「達達武部落」五個字，助教回頭說：「其實應該不用我特別說明，如果你們中有任何人不知道這件事，就不用繼續當人類系學生了。這件事如此重大，我們應該要特別在課堂上說，但已排不進課程，所以老師要你們每一組都交出一份報告，期限是月底。」

助教的話引來抗議，底下亂成一團。有人問要寫多少字、內容要寫什麼，有人抗議這根本不在一開始的課程大綱中，但助教一律無視，充分展現其權威與達成教授所囑咐任務的效率，離開教室。學生們雖怨聲連連，卻也背起背包紛紛散去。有人說：「該不會老師也不瞭解，才叫學生幫他搜集資料吧？」

也難怪他這麼想，因為達達武是兩週前才被發現的部落——或說是忽然出現的——就連當今首屆一指的人類學大師，都對其一無所知。但我不認為老師是要學生幫忙搜集資料，因為要瞭解一個地方，最好的方法當然是田野。光憑報導能瞭解多少？

我跟著他們離開教室。

午餐時，我在餐廳聽到其他同學聊起這件事，其中一位說：「不過達達武部落真的很怪耶。報導說它位於塔塔加地區，怎麼可能這麼多年都沒被發現？至少鹿野忠雄早該發現了吧！」

「對啊，雖然在玉山上，但那一帶可是有臺大實驗林，還有好幾個天文觀測站耶，對登山客來說也不陌生。現在可是二零一三年！怎麼可能一直沒發現？而且幾年前Google拍衛星圖也沒有達達武部落啊，根本是都市傳說了。」

「我看PPT八卦板有人說，那是達達武部落位於森林裡，才沒被拍到喔。」

「但你想想看，哪個部落沒有開闢出自己的道路？我記得是鄒族還是哪一族，就有開路祭還是修路祭。唉呀管他的，總之，修整道路是部落的大事，但你看有哪條路通往達達武？就連動物都有獸徑了耶。」

「不然是怎樣？你真的覺得達達武是忽然冒出來的？要不要Discovery來報導一下？」

他這話聽來合理，語氣卻帶著嘲諷。其他人也訕笑起來，另一位同學連忙滅火：「你們別笑，不能否認達達武確實很奇怪吧？現在陳教授還在上面，但第一手資料已經傳下來了，他們自稱麻亞……麻亞耶，你們知道麻亞吧？雖然鄒族中有口傳紀錄，但完全不存在於文獻中，表示他們消失很久了。消失這麼久的部族忽然出現，也算奇聞異事了吧！」

有人說不知道麻亞是什麼，又被嘲笑了一番，但其他人八成也不知道，只是不懂裝懂罷了。但如那人所說，他們自稱「麻亞」，這確實奇怪。當初聽說他們自稱「麻亞」，我便胸中激動起來，如果達達武部落真的是麻亞族，那是多了不起的發現啊！

不用那人解釋，關於「麻亞」的資訊也在我腦中浮現。現在住在阿里山的鄒族，曾有這樣的傳說。據說很久很久以前，臺灣曾為洪水淹沒，他們便到玉山上避難。這是舉世皆有的洪水神話。後來洪水退去，玉山上的鄒族與其他族群就分別下山，這些族群分別是鄒、依司布坤努、安姆……以及麻亞。

依司布坤努是布農族的郡社群，安姆是荷蘭人，這些都是實際與鄒族互動過的族群。但只有麻亞族不知所蹤，沒留下任何關於他們的證據。據說他們到了西部平原，之後再無消息。這個洪水傳說中沒有漢人，卻有荷蘭人，表示是漢人侵墾前的事，這麼一來，麻亞沒有文獻紀錄也很自然。但在漢人到來前，麻亞族到底去了哪裡？

而且，達達武真的是麻亞族嗎？有一種說法，認為麻亞族到了嘉義番路鄉，那確實是向西而行……但達達武卻在塔塔加東邊，方向跟傳說相反，根本還沒離開玉山。我邊思考，邊在筆記本上畫下這些部落的相對位置。達邦、特富野、達達武……

「你在想達達武部落的事？」

我抬起頭，發現是同班的女生。她穿著粉紅色的短褲，突顯美麗的臀部曲線，全身散發著青春熱情，以及費洛蒙的芬芳。她是我未來的女友，但那時我們還沒說過幾句話。她對我畫的東西很有興趣，一手拿著餐盤，另一隻手在筆記本上比劃：「你畫得好精準，空間感真好啊！曾文溪、陳有蘭溪……你應該很適合走文化人類學吧？」

我有些慌張。我畫這些，並沒打算讓人看，更別說讓人貼到我身旁，伸手在筆記本上指指點點了。但她說我適合文化人類學，讓我更不知所措。我喃喃說：「不……沒有，其實我的興趣是考古。」

「考古？真的？」她意外地說：「那你畫的這個區域，你說一些史前遺址來聽聽啊？」

「這一帶？範圍很大喔，不過如果包括番路鄉，這邊有半天巖遺址，阿里山上則有伊吉亞那遺址，時間帶幾乎能直接銜接文獻上的鄒族歷史……」我用筆在筆記本標上幾個點，她在我旁邊坐下，不時打斷我發表她的見解。我沒有與她爭論，只是聽她說，我向來如此。

幾個月後，她越來越常找我攀談，直到她朋友告訴我她的心意，我們才正式交往。與此同時，前往達達武部落的研究者越來越多，但達達武並不友善，只讓極少數人進去。這些學者採集語言、紀錄物質文明，經過數次田野，最後證實他們的語言確實是北鄒語群，許多用語相同，而且比現今鄒語保留更多古老特徵。但只有一件事始終成謎，不管怎麼問，達達武的人也說不出所以然，那就是，為何過去達達武部落從未被發現，甚至沒有與其他部落互動？對這個問題，達達武部落的人感到莫名其妙，他們一直在那裡，哪有什麼被不被發現的問題？

「那是謊言。」塔拉嫵低聲說。

「咦？」我看向她，她緩緩站起身。

「也不完全是謊言……我們本來住在『氣息的向陰地』，因為在巴埃嘎努的獵場邊界，所以『向陰地』與『向陽地』，就像手翻過來，雖是同一隻手，但面對的方向不同。」

塔拉嫵的手翻了兩下，她盯著自己的右手，將手握起：「但大家不可能不知道原因，因為達武出現在『氣息的向陽地』，只有現任頭目……只有我父親能做到。這是整個部落的事，他們一定知道原因，知道達達武會出現在失落了幾百年的『向陽地』……是為了我。」

「為了妳？這是怎麼回事？」我不禁問。雖然巴埃嘎努的獵場讓我很在意。麻亞族的獵場屬於氏族或個人，但巴埃嘎努……不是靈界之神嗎？我想到迎接巴埃嘎努的瑪比巫大祭，更想到她剛剛說的話。

她說她死去三年了——

「因為我死了……」彷彿回應我心中的聲音，塔拉嫵說。她看著我，表情非常複雜，看似哀傷，又混雜了一種截然不同的情緒。她抓著自己手臂，身子微微顫抖。我感到她處在某種脆弱的情緒，但等我知道那是「恐懼」……已是十一個多月後的事了。

塔拉嫵死於某種病。

她死前，同年齡層的「拉朗」圍著她。拉朗是二十二到二十七歲的女性，麻亞族的年齡區分比漢人繁複，不同年齡層的麻亞人會一起學習、工作，並在部落中有不同任務。人將死時，也是同一年齡層的族人守候，連親族都不能在旁。

她們圍著塔拉嫵，將小米敷在她身上，為她除穢，好讓巴埃嘎努順利帶走她。那時她已經沒多少時候是清醒的，但她一清醒，她就喃喃對身邊的拉朗說：「別讓我父親將我還魂，別讓我父親那麼做……」

拉朗們感到不可思議。麻亞族裡，頭目身兼巫師長，還魂巫術只有頭目才能施行，不是誰都有幸還魂的。在她們眼中，塔拉嫵何等幸運，為何她要主動放棄？

「因為……若頭目要讓我還魂，就一定有犧牲……十年前的事……其他部落都生氣了……不可能再有第二次。別讓頭目因為我……把整個達達武捲入危機中……」

達達武並非唯一的麻亞部落。

根據塔拉嫵說的麻亞族神話，在洪水退去後，一部分的麻亞人留在玉山，但後來他們跟附近的依司布坤努起了爭執，雙方彼此出草，麻亞人差點滅亡。當時的頭目施展巫術占卜，最後依照神靈指示逃到達達武。

達達武部落的位置有塊靈石，傳說中，巴埃嘎努與哈莫神曾有約定，不會越過這塊大石。據神靈指示，這是唯一能往返「氣息的向陽處」與「向陰處」的地方，於是這支麻亞族躲進了「氣息的向陰地」，並用巫術掩蓋蹤跡，以迴避滅族的命運。

所謂「氣息的向陽地」，就是我們所處的世界，但「向陰地」並非巴埃嘎努統治的冥界，而是生死的隙縫間，非生非死。在「向陰地」裡，他們與世隔絕，不被任何人發現。這本非長久之道，因為「氣息的向陰地」太接近巴埃嘎努統治的鞮哆烏納部落，使得麻亞人與死亡相鄰，身體十分虛弱。

但當時的麻亞人都有共識，比起被依司布坤努滅絕，這已好太多了。等注意到時，他們已經在「向陰地」裡繁衍出好幾個部落，像鄒族一樣，由大社分出小社。甚至他們也習慣了「向陰地」，壽命漸漸變長。

時間到了現在。悠侯勒家的達呼是當代麻亞族總頭目，握有大權。但十多年前，達呼的權勢第一次受到挑戰。當時達呼的妻子意外死亡，達呼施展還魂巫術救回妻子，但巫術並非毫無代價；還魂巫術必須跟瑪比巫大祭同時進行，這個大祭為期共二十天，從祭儀開始，巴埃嘎努便會從鞮哆烏納部落出發，並在十天後到達達武部落，再巡迴其他麻亞部落。

在巴埃嘎努到來前，進行還魂巫術的巫師必須準備好活祭。這位活祭會在生死夾縫間掙扎十天，直到巴埃嘎努降臨。過程其實非常殘忍，因為活祭不能死，卻也不能康復，巫師會用各種手段將他維繫在生死之間，而且這位活祭的靈魂，死後不會被迎入鞮哆烏納部落，而是永遠在外面徘徊、痛苦著。

對麻亞人來說，沒有比這更殘忍的事。

當時的活祭是其他部落裡犯了禁忌的麻亞人，雖他罪該當死，但達呼並沒有說他會變成活祭。因此當達呼的妻子還魂後，原來活祭所屬的部落頭目大為震驚，覺得自己受騙了；就算活祭該死，也不能剝奪他死後回歸鞮哆烏納部落的資格啊！其他部落的頭目聽說這事，也感到不安，甚至懷疑那位活祭會犯下禁忌，是達呼刻意使他犯下，為的便是取得活祭。

這事最後被壓了下來，但達呼的聲望已經動搖；若他為了塔拉嫵施展還魂巫術，其他部落很可能會趁機反抗。塔拉嫵害怕事情變成那樣。

拉朗們都知道達呼有多疼愛這個女兒。而這位女兒，現在又是多愛父親啊！為了父親的聲望，竟自願捨棄還魂的機會。她們感動不已，在淚水中答應塔拉嫵的請求，保證會把她的心願告訴頭目。

塔拉嫵放心了。死後，她到了鞋哆烏納部落，與其他過世的厤亞人一同生活。但有一天，巴埃嘎努忽然出面在她面前，將她帶離了鞋哆烏納。

塔拉嫵毛骨悚然。

巴埃嘎努是位披熊皮，戴著山豬頭骨的神祇，祂露面時，靈鳥嘎汝在祂身邊飛舞。據說嘎汝只出現在死者與將死者身邊，是巴埃嘎努的使者。塔拉嫵從未真正見過祂，為何祂會出現在她面前？祂也沒抓著塔拉嫵，只是經過她身邊，她便不由自主地跟著祂，赤腳走出鞋哆烏納部落，進入既熟悉又陌生的山林。

這是怎麼回事？她不敢問。巴埃嘎努走了好幾天，雖速度不快，卻始終不停。日夜流轉，塔拉嫵雖非生人，不會疲倦，卻也忍不住開口相詢：「我們到底要去哪裡？」

巴埃嘎努沒有回答，只有嘎汝的鳥囀在林間迴蕩。

嗶嚕啾，嗶嚕啾，無情的聲音。

等她意識過來，是她認出附近的景色，知道自己已接近達達武。她忽然懂了，自己會被巴埃嘎努帶到這裡，一定是因為還魂巫術。她想起小時候，母親還魂前，靈魂不也曾先回到部落嗎？那時母親還摸著她的臉笑了：「我很快就會回到妳的生活中，跟妳在一起了。」

母親的笑臉近在眼前，那是真正的笑，毫無虛假。但……

回憶帶來暈眩與強烈的反胃感。這怎麼可能？其他部落不可能再讓他們的人成為活祭。難道是用達達武部落裡的人？也不可能，那一樣會重創達呼的聲望……不，這不重要了。重要的是，該怎麼阻止這還魂巫術。塔拉嫵試著拉開與巴埃嘎努的距離，她必須知道自己能離多遠。

「為什麼？」我忍不住問。

塔拉嫵坐在洞口，輕輕抱住右膝，半張臉埋在旁邊，讓她的表情若隱若現。她沒回答這個問題，像停格的紀錄片。過了一會兒才像想起要呼吸般，幽幽地說：「因為還魂巫術一定要活祭，我本就死了，不希望別人為我犧牲。」

坦白說我還是不懂。我說：「可是，麻亞族裡出草並非罕見。就算我死了，也沒什麼大不了的吧。據我所知，麻亞族出草獵來的頭顱，都要用巫術平息靈魂的怒氣，以免在部落中糾纏。我死了之後，應該也可以這樣處理吧？」

——沒錯，雖然塔拉嫵還沒說完，但我已經猜到接下來的發展。

我就是被選上的活祭。達達武部落之所以出現在「氣息的向陽處」，就是為了尋找活祭。其他麻亞部落已不願配合，也不能從達達武裡面選，就只好從外人中尋找，所以消失已久的達達武再度出現。

現在想想，我們這些人類學者簡直就像撲向燈火的蛾，全都往陷阱裡跳：之前的學者沒事，恐怕是因為離瑪比巫大祭太遠，或雖在大祭期間，卻帶了大批學生同行。難怪，這幾個月部落要求學者必須單獨前往，還以為是人帶多造成困擾，原來是要殺人。

我想起頭目的臉。他就這麼希望女兒還魂嗎？他等了兩年多，如此麻煩……塔拉嫵看著我，她的輪廓確實有達呼的影子。她說：「你……不憤怒嗎？被當成祭品。」

我呆住了。

憤怒嗎？我不知道。我並非毫無感覺，但那種感覺……是憤怒嗎？我搖了搖頭，塔拉嫵似乎鬆了口氣：「你真奇特。我偷偷溜回達達武時，有聽其他拉朗說過你們的事。你們是漢人，對我們很有興趣，但我沒想到你會講麻亞語，還知道出草的事。不過出草不是隨隨便便的一件事，那是神聖的，但你被選為活祭……只是偶然，毫無理由。我不喜歡。」

「即使放棄還魂的機會？」

「我已經死了。死後回歸靼哆烏納部落，那是理所當然，甚至可說是幸運的。我們在靼哆烏納跟先人住在一起，這是一種……榮譽。」

她的表情很認真，但我仍然不懂，就像我不懂我的同學、前女友、還有家人。所以這次我沒問了。我沉默著，塔拉嫵也沒看我，輕輕撥著柴火的餘燼，片刻之後，她像是自言自語般說起後面的故事。

接下來的事並不特別。她找了認識的拉朗，說服她幫助自己。她從拉朗那裡知道了「漢人」的事，還有現在「向陽地」的情況。「向陽地」變成這麼不可思議的世界，令她驚訝，但比較瞭解這個世界的現貌，她更想阻止還魂巫術。

於是在拉朗們的幫助下，她們合作將我救走。我身上的槍傷，一方面是防止我逃走，另一方面則是為了將我維持在「生死之間」。她們偷偷拿了一些生活所需給塔拉嫵，雖然身為死靈的塔拉嫵不需要，但要讓作為人類的我活下去，那些是必須的。

將我帶到山洞安置後，她又去布農部落與漢人的設施中偷了一些器具。原來如此，這就是那個毛巾和塑膠水桶的由來。這對塔拉嫵來說也是全新的體驗，照顧素不相識的男人，使用她從未用過的器具。仔細想想，她豈只是死後還魂？活在「氣息的向陰地」，不知過了多少文明都沒有變化，她的靈魂一回到「向陽地」，面對的便是劇變的世界。

對她來說，這一生一死，如同穿越千年。

「接下來該怎麼辦？」我忍不住問。

「你不用擔心，我會照顧你。等你康復後，你就可以下山了。」塔拉嫵說。但我搖搖頭：

「不，我是說妳。妳救了我，謝謝妳，但沒了活祭，還魂巫術不就失敗了？但妳還在這裡，妳……會怎麼樣？」

塔拉嫵看向洞外，我看不到她的表情。她說：「我……還不確定。畢竟我也是第一次經歷。比較好的情況，是瑪比巫大祭結束後，我便跟著巴埃嘎努回到鞀哆烏納。那樣的話，我便不能照顧你到痊癒了。我會在瑪比巫大祭結束前做一些肉乾，你不用擔心。」

「那要是瑪比巫大祭後，妳還是留在這裡呢？」

塔拉嫵沒回話，山洞外徐徐吹來暖風，帶著春天的香氣，帶動她的髮絲。這一刻，我忽然升起一種衝動。我想知道她的想法，想知道她的一切。我與她有一種共鳴，被遺棄者的共鳴。

——那時，我沒還想到自己會在十一個多月後，拿獵槍瞄準鹿林天文臺前的男人。

「住手！」塔拉嫵大喊。狂風吹來，整個山林都沙沙作響，幾乎要埋沒她的聲音。我喘著氣，猶豫著要不要開槍。塔拉嫵跑到我身邊來，抱住我的手，頭搖得如鈴鼓一般。

「不要！不要！不要！」

但我還是可以開槍的。我已經瞄準了，就算射偏也沒關係，我也沒有要他死。雖然他最後會死，但即死就麻煩了。我應該開槍的，還有機會。我呼吸得越來越快，冷汗直流，雙手也跟著顫抖。

我扣下扳機。

「碰。」

「嗯……哼……」女友在我身上蠕動。她發出的呻吟有如銀鈴，全身散著甜香，簡直就是淫慾的團塊。我喘著氣，配合她的動作，身體越來越快，最後腰部一挺，發洩我全部的精力。她軟倒在我身上，抱著我喘氣，並將我的手拉到她腰上，讓我輕輕擁著她。

我腦中一片空白，這是射精後的正常反應。不一會兒，女友站起來，幫我把保險套取下，丟進垃圾桶。我伸手去拿衛生紙，呆呆看著天花板。昏暗的房間，雙人床，桌上的鬧鐘顯示在兩點四十三分，數字發出螢光，安靜而沉穩，像在守夜一般。

女友鑽入我懷裡：「欸，我們去參加反核大遊行好不好？」

「反核大遊行？什麼時候？」

「這星期六啦。」她說：「你會去吧？人類系學生怎麼可能不去？你應該知道蘭嶼的事吧，知道他們是怎麼欺騙達悟人的。」

她說得對。蘭嶼擺核廢料的地方，政府一開始根本不敢跟居民說是擺核廢料，竟對當地人宣稱是魚罐頭工廠，等居民發現時已經太遲。而且本來蘭嶼是被當成中繼站，核廢料僅是暫存，總有一天會海拋，但一九九一年，國際社會開始禁止海拋，這些核廢料便一直晾在蘭嶼。更慘的是，因為一開始是中繼站，並未考慮長久保存的問題，只是堆放在開放式壕溝，說有多危險就有多危險。

她摸著我的臉：「欸，你知道吧？」

「我知道。」我感到她呼出的氣拂過胸膛。我說：「好啊，我們就去吧。」我從未參加過遊行，在迷迷糊糊中，也沒想過會是怎樣的場面。我心想，就當是聲援蘭嶼。但星期六時，當我踏上羅斯福路，花花綠綠的人群走在車輛被淨空的道路上，那景色讓我震撼。彷彿我的世界被挖空，倒入了五顏六色的玉米片，用牛奶用力攪和。

「我是人，我反核！」

「擁核就是矯情！」

這是何等盛大的嘉年華！無數的標語在步伐中起起伏伏，像眾神遶境般，幾個人戴著黃色、銀色、黑色的防毒面具發著標語。「NO NUKES」、「核電歸零」。幾隻米克斯狗跑過去，身上插著反核的黃色旗子。遠方一個人帶著華麗的高冠，踩著高蹺，像七爺八爺一樣高大。各種創意爭奇鬥艷，有如被擠出的壓克力顏料，大手一抹，塗滿整個空間。

我站在自由廣場前，看著一望無際的碧空，開闊地令人恐懼。

「終結核四！終結核四！」

有人拿著麥克風呼喊口號。女朋友握著我的手，跟著一起喊。這時不知是誰大叫：「終結核四，打敗古巴！」群眾大笑起來，跟著一起喊。中華隊即將對上古巴，這是國家尊嚴之戰。一種截然不同的熱情混進來，卻同樣是狂歡式的。他們笑著、歡呼著、吼叫著，肩併著肩，嘴巴張成巨大的圓形，聲音在口腔內共鳴。熱汗從他們臉上流下，在熱情中顫動，一雙雙的手揮來揮去。終結核四，打敗古巴。我女朋友在他們之中又叫又跳，我放開她的手，而她毫無所覺。

我退了兩步看，這是多麼美麗而驚人的畫面？這些人，他們活著，充滿生命力。但我卻痛苦，並感到深刻的恐懼。在這場狂歡的浪潮中，只有我一人是被放逐的。我無法成為他們的一份子。我羨慕他們的熱情，卻沒有共感，甚至我害怕共感，太可怕了。

——如果我成為他們，那我還是我嗎？

世界變成八十分貝以上的沉默，而我宛若逆著潮流的雜質。我產生一種遺世獨立的悲壯感，直面自己最深刻的惶恐。我轉身離開，朝古亭的方向走去，揮別這偉大華麗的遊行。事後女朋友問我怎麼逃走了，我告訴她我的恐懼，她卻問我「反核不是正確的嗎？想想蘭嶼的事，你為何不留下來？」

這不是是非的問題。我仍愛著達悟人，也不認同政府將核廢料堆在蘭嶼的怠惰。但我該怎麼說明？我終於認識到，自己身為人類是有缺陷的。直到接下來與她做愛，我仍想著這點，彷彿我抽離在一切之外。

不。這才是我的真面目。抽離在一切之外。我缺乏融進周遭、社會的能力。就像飄浮在海面上的油脂，孤獨而破碎。反核遊行那天的事成了我們分手的遠因，我不確定影響到底有多大，但那天晚上我已有預感，我們終究無法在一起。在這個社會裡，我是孤獨的。當她積極面向社會時，我不得不離開她。我們間缺少融合油水的乳化劑。

但分手仍讓我感到挫折。即使早知與世界有著距離，在化為現實前，還是有些幻想。她提分手不久，我便申請前往達達武。老師問：「你為何要做田野？」我望著老師的臉，視線穿透他圓圓的眼鏡，說了些陳腐的話。我甚至不記得自己說了什麼。最後老師說：「我不會阻止你，但你不適合做田野。你總是觀察，卻不參與，但田野就是要參與。如果你不參與，去了又有什麼意義？只是浪費資源。我希望你好好想想。」

老師這麼瞭解我，就算帶著些責難，也不可思議地讓我起了感謝之心。但我義無反顧。我不相信這次的田野會改變我，事實上，我更期待這次的田野會摧毀我，我的缺陷將在田野過程裡一覽無遺，但我不打算跨越它。

如果我被打敗，就被打敗吧。我那時已隱約下定決心，要揮別這場偉大華麗的遊行。

與塔拉嫵住在一起，很容易發現她的奇異。她生火、狩獵、煮食、醃漬肉乾，但什麼都不吃，也不用睡眠。問她為什麼，她說她已經死了，這很自然。但真的自然嗎？當塔拉嫵照顧我時，她的溫度透過肌膚傳來，她甚至呼吸、會嘆氣。她真的是死靈嗎？

但我想起鄒族的傳說。有一個故事，是一對戀人死別，之後死去的男子回來找女子，問她願不願意與他一起住到塔山。塔山是鄒族的聖山，也是族人死後靈魂歸處，女子答應了，一人一鬼便在塔山過著幸福的日子。多年後，女子生了孩子，便帶著丈夫回到原來的部落，族人雖聽得到丈夫的聲音，卻看不到人；族人想抱孩子時，孩子就變成樹根，但回到女子懷中，又變成了小孩。

在臺灣南島民族傳說中，「死後世界」是現實中的某個地區，這並不罕見。女子搬到塔山去住，與去靈界居住無異。人與死者是活在同一世界的。我們漢人覺得死後有陰間、地獄，而且不存在現實的場域裡，也許這種偏見才是讓我感到奇怪之處。在麻亞族的世界觀中，死者能跟我們這樣說話、接觸，才是自然的。

那幾天，我只要入睡，便做奇怪的夢。夢裡是各種南島民族神話，全都混在一起；石頭生子、湖中大蛇、巨大陰莖的巨人、著火的鳥。奇怪的是，我的人生經歷也混在裡面。它們重新得到了某種秩序，與塔拉嫵的聲音結合在一起。有一天，塔拉嫵在洞口曬肉乾，若無其事地說：「其實瑪比巫大祭已經結束幾天了。」

「……是嗎。」

其實我心裡頭很震驚。那幾天中，我只要醒著，就問塔拉嫵關於麻亞族的事。也許達呼早知我的作用只是活祭，所以講起族裡的事，也不是很認真，總說一句「塔幾吞雷卡哈剛亞」（「你自己看就知道」的意思）。

但塔拉嫵很親切，她所說的都有生命力。她也問我漢人社會的事。我們沉浸在兩個世界的交會裡，時間雖短，我卻誤以為那理所當然，忘了瑪比巫大祭只有短短的二十天，很快便結束了。

她那句像鬧鐘的鈴聲，讓我的時間再度流動。

「這樣也好。」塔拉嫵說：「我很擔心沒人照顧，你又無法行動，會死在山洞裡。能照顧到你痊癒，我就放心了。」雖然她不像在意此事，說話慢條斯理，但她只是隱藏自己的心情。稍微想一下便明白了，若她永遠回不了鞀哆烏納部落，只能遊蕩在生死交界，那……便是她代我承受了我應有的命運。

還魂巫術的活祭，會被剝奪回歸鞀哆烏納部落的權利。

但我終究是外人，沒有麻亞信仰，死後可能會到「陰間」，而非遊蕩在生死交界。就算不是這樣，至少身為漢人的我，也不是很在意去不了鞊哆烏納部落。但塔拉嫵不是。若她承受我的命運，那是何等殘酷的事？我現在才意識到，這事不該發生在她身上！不是嗎？我的生命本與她無關，她應該……值得更好的命運。

「我會陪妳。」我忽然脫口而出：「我會陪妳到下一次的瑪比巫大祭。下次大祭時，妳跟著巴埃嘎努走，說不定就能回鞊哆烏納部落了。」

我在說什麼？雖然現在不得不養傷，但要在這裡待上一年……難道我就放棄田野了？放棄我的學位？過去的我像鬼魂般，在我的腦後跟低喃著記憶的沉澱物。然而仔細一想，那有什麼好留戀的？山下沒人在等我，對我來說，活在都市裡和活在原始部落裡，毫無區別。我只是局外人。念及於此，我忽然感到……輕鬆。

塔拉嫵意外地回頭看我，這時的我是什麼表情？我很難想像。但絕不是心虛。過了一會兒，她才顯露心情，不安地說：「謝謝。不過，也有可能回不到鞊哆烏納部落。也許我會就在這麼一直流浪，見不到先人，無法成為祖靈，教育我的後人……」

「那我一生陪著妳。」我說。

我的話觸動了她。其實連我也不瞭解自己為何這麼說。但這是我生平中，第一次感到自己對誰有義務。她為了我做出犧牲，難道就沒有什麼是我能為她做的？她付出她的死後，那我何必吝惜我的生前？我甚至有些悔恨，無法在死後仍陪著她。

在覺悟的同時，我聽見過去的濤聲，就像跑馬燈一樣。陽光、海洋、我的學生時代。我陰鬱的家庭。我的童年。這份覺悟促使我與構成我的記憶道別。塔拉嫵在光芒中走來，在我身邊坐下。她一言不發，我也沒說話，只是忍痛將手反過來，握住她的手。但我握住的不只是她，還得到了……某種我缺乏的東西。

雖然那時我還懵懵懂懂，並不明白。但我心裡湧起了稱得上「幸福」的實感。那並非愛情，而是我終於找到了值得用自己一生去做的事。

「我去打獵了。」

幾個月後，我完全康復，並接下打獵的工作。本來在麻亞族中，女人就不能打獵，那是禁忌。但為了照顧我，塔拉嫵觸犯了禁忌，讓我覺得非得做些什麼。

但都市長大的我，根本獵不到獵物。在整整失敗一個月，將肉乾吃完後，我終於忍不住到布農族部落去偷獵槍。逼我這麼做的並非男人的尊嚴，而是「這是麻亞男人的工作」此一義務。

害塔拉嫵觸犯禁忌讓我耿耿於懷。因為塔拉嫵不用進食，所以這全是我的責任。雖然我也可以不接受麻亞人的價值觀，但我虧欠她，若堅持原有的生活方式，未免對不起她。擔起一個麻亞男人的責任，是我少數能做的彌補。即使如此，我也太過笨手笨腳，時不時被山林中的動靜嚇到，甚至被自己做的陷阱所傷。

每次沮喪地回山洞跟她說這些事，她都在柴火的光芒中笑著，就算帶著些取笑的意思，我也覺得心被她所照亮。她從族人那邊聽過狩獵的技巧，便將它們一一告訴我，順便告訴我族人的故事，我聽得津津有味。

多不可思議啊。我明明在達達武住了三個月，卻直到此時，才對達達武產生嚮往。同齡的拉朗們的故事、族中長老們的故事、部落裡的趣聞、遙遠的傳說故事，甚至我熟悉的塔塔加地景，也在她的世界中有著不同傳說，令我著迷。

她的人生也是，如此真實而美麗。她曾嫁過人，後來又離異（我隱約感覺到他們對婚姻的看法跟漢人不同，但很難說明）。他丈夫……用漢人的說法，就是外遇了，但塔拉嫵覺得那不是大問題。即使如此，達呼還是氣急敗壞，容不得女兒受一絲委屈。他真的很愛女兒。

「妳還愛你丈夫嗎？」我問。

「愛……其實我覺得你說的愛，跟我說的不太一樣。」塔拉嫵溫柔地笑：「他是個好人，但有時連我也受不了他，想做什麼就做什麼。他為我著想，就像心血來潮一樣，有時忽然冷淡，讓我很氣。但若非父親堅持，我本不想離開他。」

她露出複雜的表情。說也奇怪，對那素未謀面的男人，我竟有些生氣。但更讓我驚訝的是，我越聽她說話，便越感到她的美。這段時間，我的麻亞語突飛猛進，或許我是當今漢人中麻亞語最好的了，日常溝通固無困難，我甚至能體會麻亞族特有的幽默感。

兩個月後，我終於打到第一隻獵物。那是一隻山羌，牠在烈陽之下，對我接近毫無警覺。我已習慣用槍，漸漸掌握射擊的技巧。我對準牠，接著「碰」的一聲，子彈貫穿牠的身體，牠應聲倒下。

我發出歡呼。趕到牠身邊時，牠還活著掙扎，見我接近，身體動得好厲害，不知是要逃走還是要攻擊。我被成功的興奮沖昏頭，開槍打爆牠的腦袋。「啪」的一下，血跟腦漿四濺。我絲毫不怕，只煩惱著怎麼帶牠回去，過了一會兒，我才恍然大悟，拿出番刀割牠的肉。這又是完全不同的體驗，我以前切過肉，但像這樣剛剛還活著，身體還很溫暖的肉，我是第一次切。

我帶著適當份量的肉回山洞，還把山羌的皮剝下，為冬天做準備。塔拉嫵替我高興，我們立刻處理這些肉，慶祝我打到第一隻獵物。我深知這不容易，一般來說，打獵是集體行動，像我這樣隻身打獵，是很危險的，但我還是獵到了獵物。

並不是所有狩獵都這麼順利。有次我在山上迷了路，差點回不了山洞，在森林露宿了兩天。雖然滿天星空，但黑暗中所有聲音都讓人害怕，睡不著覺。白天時，又在爬山坡時摔下去，受了不小的傷。我本以為會死，但塔拉嫵找到了我，好不容易才回到山洞。塔拉嫵找了藥草幫我敷傷口，我則失血頭昏，早早就躺下了。

睡夢中，我醒過來，聽到塔拉嫵的哭泣聲。月光將洞外照著十分明亮，那是溫柔的光，靜靜籠罩著塔拉嫵。我沒告訴她我醒了。但看著她的身影，我知道她是為了我哭。一時間，我心中充滿了近似悲傷的感動，眼眶也濕了。我連忙擦掉眼淚，手摸過自己的臉，這張臉已十分粗糙，再往下摸，更是滿臉鬍渣。我吃了一驚，發現自己已變成完全不同的人。

我也直到這時才驚覺，我愛上了塔拉嫵，而且愛得如此之深。我多想吶喊，喊出自己想為了她成為麻亞人的心聲。我甚至開始恨自己的漢人身體，恨自己為何不是天生的麻亞人，恨到心裡感到疼痛，想把自己的身體給支解，重新變成麻亞人。

在塔拉嫵哭泣時，我也無聲地哭泣著，心裡又喜又悲，同時下了一個決定。

時間流逝，從天氣的變化，我感到春天來了。我問塔拉嫵木槲蘭何時開花？她說差不多了。也就是說，瑪比巫大祭近了。我問：「如果巴埃嘎努出現了，妳會跟祂一起回去嗎？」

我才問出口便後悔了。我在想什麼？對麻亞人來說，她當然想回去。但我仍想知道答案。那時塔拉嫵正在整理她採集回來的野菜，她動作頓了一下，接著回過頭看我，表情認真：「我想我會回去。」

「我想陪著妳。」我忍住心情，簡短地說。

「我知道。」塔拉嫵帶著些哀傷：「但你不是麻亞人，不用陪我承受這一切。這一年來謝謝你，但……越聽你說平原那邊的事，聽你說過去的事，我就越覺得我不值得你留下。所以，就算我回不了鞄哆烏納部落，也請你回到自己的生活，好嗎？」

我啞口無言，轉過頭不看她，過了一會兒才說：「讓我想一想。」

我不是麻亞人——這話深深傷害了我。我能選擇自己是什麼人嗎？而且，是麻亞人就可以了嗎？塔拉嫵從我身後抱住我，安慰我的心情。但那是不能安撫的悲痛。我的胸膛因情緒激動而起伏，但我什麼都沒說。因為，要是說了，我或許就沒覺悟了。

我裝成看開了，繼續著修整環境、沒事晒太陽、隔幾天打獵的日子。有一天，我發現木槲蘭開花。終於來了，瑪比巫大祭會在這二十六天後。隨著那一天逐漸逼近，我也越來越面無表情，但我心中靜靜潛伏著的，不是分別的絕望，而是希望。

接著，瑪比巫大祭的第一階段——札瓦比小祭到了。

「妳要回達達武部落了嗎？」我問塔拉嫵。

巴埃嘎努會從軻哆烏納部落出發，巡迴諸部落。所以只要回達達武，就一定能等到巴埃嘎努。但塔拉嫵搖搖頭：「不用這麼急，巴埃嘎努會巡迴整個獵場，淨化死亡帶來的污穢，要等札瓦比小祭結束後才會到達達武。」

在那天來臨前，她似乎也想陪著我。這堅定了我的念頭。我微微一笑：「我知道了。在妳出發前，我會陪著你。我去打獵了，這次我想走遠一點，可能幾天後才回來。」

「幾天後？」

「嗯，也許明天就回來，我還沒決定。當成讓我散散心吧，這是我最後像麻亞族那樣生活的日子了。」我敷衍地安撫她，因為無法分心。接下來我要踏上旅程。非常兇險的旅程。這下真的要跟過去永遠訣別了。

我告別她，帶上足夠的飲食，進入森林。

我用最穩健快速的方式走，速度驚人。如果不是走這麼快，也許便會被我的恐懼追上。我能感到，我僅存的理智緊緊跟在後方，想阻止接下來將發生的事。但我不會讓他追上的。

我愛塔拉嫵。而且我也知道，有個方式能確保塔拉嫵絕對能回到鞀哆烏納部落。太簡單了，塔拉嫵一定也很清楚，她只是不說而已。

那就是「再死一次」。

但我做不到。因為她已是死靈。她非生非死，無法再死一次。那麼，該怎麼做？答案很明顯：還魂巫術一定要成功。瑪比巫大祭到了，當初我被迷昏時，就是在札瓦比小祭的階段，要取得活祭，這應該是適當的時候。

這個計畫不能告訴塔拉嫵。因為當初她便是不希望犧牲他人，才救了我。但對我來說，塔拉嫵比全世界還重要，雖然她不願別人犧牲，我卻覺得不問題。那麼，我該殺誰好呢？首先，不能是達達武部落的人，因此還魂巫術是由達呼進行，如果活祭是部落的人，一定會引起紛爭。

那麼就由鹿林天文臺的人當活祭吧。如果殺布農族人，畢竟那是一個部落，很快就會被發現。但鹿林天文臺的話，發現的機率較低，如果不幸被發現，全部殺害滅口也容易許多。

——我在想什麼？當然，我不希望事情變那樣，但能自然而然地思考這種事，連我都毛骨悚然。我不想殺人，就算要殺，也希望只殺一人。但……這真的這麼嚴重嗎？麻亞人也會出草，不是嗎？我是麻亞人。我是麻亞人。所以這種事不算什麼。

等我到鹿林天文臺，已入夜了。我簡單做了一個能讓我露宿的空間，同時監視著天文臺，看有沒有人進出。將要殺人的亢奮感讓我難以成眠，我忍不住想著接下來該怎麼做。射傷對方後，首先要止血、療傷，並移動到附近安置。我一個人背著他去達達武部落，未免異想天開，但只要我趕到達達武部落，表白我要做的事，頭目一定會支持我。

只要頭目支持，將來要住在達達武部落一定不是問題。這樣一來，我就能繼續陪著塔拉嫵，並被麻亞部落接納，成為一位麻亞人。入贅什麼的，根本不是問題。我想著這些，心情終於漸漸平復下來，漸入夢鄉。

我充滿希望，連夢裡的景色的光明美麗。

「嗶嚕啾、嗶嚕啾。」

我聽到聲音，微微睜開眼，陽光已穿越葉隙落下。我迷迷糊糊地起身，發現那聲音是來自靈鳥嘎汝。與塔拉嫵在一起時，我已習慣嘎汝的叫聲，因為嘎汝只會出現在死者與將死之人身邊，聲音十分好聽……

——只會出現在將死之人身邊？

我跳起來，躲在樹後看鹿林天文臺。果然，有人出來了！原來嘎汝是來宣告這人將死嗎？我不禁大喜，心想連靈界之神的使者都站在我這邊。我舉起槍，忽然一陣狂風吹起，也掀起我心中的不安。

真的要開槍嗎？開槍後，塔拉嫵會原諒我嗎？

不，都這時候了，我還在猶豫什麼？但要等風停下，不然子彈軌跡會受影響。沒射中就算了，但要是不小心打死，那就麻煩了。

「住手！」我聽到塔拉嫵的聲音。

怎麼可能！塔拉嫵怎麼會在這裡？我回過頭，發現她真的正向我跑來。我睜大眼，不禁猶豫了。她發現了，還要我住手，我能在她面前開槍嗎？然而……

她跑向我的樣子，那帶著憐憫的表情，激起我心裡悲壯的決意。我立刻回頭，在劇烈的風暴中對準那男人。我可以開槍，沒問題的，我要成為麻亞人，拯救塔拉嫵！塔拉嫵喊了好幾次「不要」，抓住我的手臂，我不能再猶豫。「碰」的一聲，子彈發射出去。

沒有命中。

那男人嚇了一跳，但他沒跑回天文臺。他一定是不明白發生什麼事吧？我正要再開一槍，塔拉嫵卻擋在我面前，淚流滿面地對著我。

「塔拉嫵，我是要救妳。」

「我知道。」她的聲音在風中更顯悽清。

「讓我救妳。」我聲音不禁大了起來：「我想跟妳在一起，想守護妳啊！妳還這麼年輕，我們可以一起生活，一起成長，一起變老。等我們死後，我們一起去鞑哆烏納部落。這才是妳應得的人生啊！」

「不是的！」塔拉嫵悲傷地說：「我當初沒有全說出來……但如果還魂巫術成功了，我就不再是我了！」

我瞪大眼。她的話如五雷轟頂。

鹿林天文臺的男人困惑地回去了，我失去機會，獵槍無力地朝下。我呆呆地問：「什麼意思？」

她說：「我會告訴你……全部告訴你。我們邊回去邊說，請你別再做這種傻事了。」她用手指抹去淚水，也沒等我便逕自走了。我看著她的背影，跟了上去。

「我不是說過，我母親死時，父親曾用過一次還魂巫術嗎？」

塔拉嫵的聲音幽幽地迴響，彷彿很遙遠，讓我害怕。但我不敢碰她。她夢遊般地走著，同時說出她未說出口的故事。那是很久以前，卻無法忘卻的事。她之前不說，是因為那絕不光榮，還帶著足以刻上靈魂的恐怖。

她知道還魂巫術，她聽長老們說、聽父親說，知道那很了不起。在瑪比巫大祭未結束前，母親的死靈曾歸來，她們像以前一樣歡笑、互動。但她不知道那是她們最後相聚的時光。等瑪比巫大祭後，死靈化為實體，母親卻變了。

母親變得對父親言聽計從，從前的她不是這樣的。她絕非悍婦，但她有自己的想法，有幽默感。可是那些有生命力的事物消失了，只剩下「幸福的妻子」這具空殼。當然，誰都認為她幸福，因為不是誰都能被施以還魂巫術的啊！就算選擇的活祭有爭議，她也還是幸福，達達武裡大部分的人都為她高興。她會笑，會輕鬆應答，跟生前差不多。但當她抱著塔拉嫵，塔拉嫵感到一種不自然的隔閡。很細微，可是小孩子很敏銳，她感覺到不對。

從此她開始怕母親。

父親發現她的態度轉變，卻沒有安撫她，只是一味要要塔拉嫵接受母親。

「她都從靼哆烏納部落回來了，妳這麼怕她，她會傷心喔。」

父親說。但母親看來一點也不傷心啊，她的視線只放在父親身上。只有父親。當父親說她傷心時，她便傷心，眼裡一片空洞。但面對父親時，她一定露出討好的笑。她真的在笑嗎？最終塔拉嫵瞭解了，回來的那個不是母親。那母親的靈魂呢？年幼的塔拉嫵忽然被迫思考起生命。

還魂巫術後，靈魂究竟到哪裡去了？這個空殼是什麼？到底什麼是還魂？

隨著塔拉嫵長大，母親卻像永恆不變，她身上有什麼被永遠剝奪了，當父親不在時，母親的視線總看著遠方，彷彿一切都不重要。她還在那裡嗎？她的靈魂還有自主權嗎？如果她靈魂在這裡，卻不能成為自己，那不是太痛苦了？

所以……

塔拉嫵製造了一場意外。

她小心翼翼地、不著痕跡地，殺了自己母親。

塔拉嫵崩潰了。我聽到這裡，終於忍不住抱住她，她的身體在顫抖，不，顫抖的是她的靈魂，赤裸裸的。她伏在我身上哭泣：「還魂巫術只能成功一次，所以父親沒有再施展，但我一直不知道……不知道自己這樣做對不對。我死之後，在靼哆烏納部落遇到母親，你知道我多害怕嗎？我怕她怪我殺了她，怕一切都是我的幻想，我弄錯了。但母親她……她謝謝我。」

她看向我，眼中的悲傷滿溢而出，幾乎要將我淹沒。她說：「還魂巫術後……她的靈魂被困在身體裡，身體卻受到父親控制，她真的不是她。還魂巫術玷污了她的靈魂，就算再度到了鞞哆烏納部落，她也無法融入其他祖靈，只有我主動去陪伴她。其實我生前就有感覺，父親是控制慾非常強的人，當初我要成親，他不阻止，我還以為是他放手了。後來才發現，他是故意要讓我成親後再離異，因為離異後要再成親很困難。他就是想控制我，我很清楚，如果我還魂的話……」

「別說了，別說了。」我流下淚：「對不起！」

我緊緊抱住她。她什麼都沒說，只是在我懷裡，背部因啜泣而起伏。天啊，我差點做了什麼？我做了什麼！我竟逼她說出這些，說出她從不願說的事。我痛哭出聲。我們站在這裡，受各自的殘缺折磨，卻又彼此補償。我們到底在尋找什麼？救贖嗎？我不知道。但她告訴我她的祕密，讓我的靈魂澄澈而平靜。我再也沒有挽留她的欲望，只有為愛捨棄一切的覺悟。

「我愛妳。」我說。

「我也是。」她說。

我們抱在一起，我感到死去的她在我懷裡如此真實。我所愛的不正是這個她？她在這裡，這就夠了。我沒有遺憾了。

就在我這麼想時，彷彿回應我的心情——

祂出現了。

靈界之神巴埃嘎努。

明明是第一次見到，我卻一眼就認出。祂約兩層樓高，魄力驚人，戴在頭上的山豬頭骨十分巨大，眼眶空洞裡有著深沉卻令人安心的黑暗，一身熊皮隨風飛舞。祂完全不可怕，有如移動的大山，緩緩走著，不急不徐。靈鳥嘎汝在祂身邊飛舞，像鳥形的光，忽有忽無。

我下意識地抱緊塔拉嫵，但接著，我緩緩放開。塔拉嫵注意到我的視線，回過頭去。我握住她的手，一起面對靈界之神。塔拉嫵睜大眼，沒想到巴埃嘎努會在這時出現。

「妳跟著祂去吧。」我說。

巴埃嘎努繼續接近，一股清澈的氣息湧來。原來如此，塔拉嫵說巴埃嘎努會淨化死亡帶來的污穢，就是這種感覺嗎？這名神祇近在眼前，帶給我難以言喻的感動，是祂的話，確實有資格帶走塔拉嫵。

但塔拉嫵沒有放手。

「我們回家吧。」她轉向我，溫柔地說。

我震驚地看著她。

「這樣好嗎？妳一定很想回鞎哆烏納吧？」

「如果跟著巴埃嘎努就能回去，那我不必急著現在回去。」塔拉嫵臉上淚痕未乾，笑容卻極其燦爛：「若不能回去，那為什麼不陪著你呢？如果你願望跟我在一起的話。」

「我當然願意。」

我緊緊摟住她，用盡全力感受著她。接著，我再度看向巴埃嘎努。這一次，我的眼神變成警戒。如果巴埃嘎努要強行帶走塔拉嫵怎麼辦？我能阻止祂嗎？我只是區區凡人，不知該怎麼做，只能隨機應變。祂無視我的焦慮，逼近到我們身旁，接著——

祂離開了。

就只是離開。

彷彿一團巨大的風經過，沒有恐懼與疼痛，甚至暖洋洋的。我呆呆望著祂，囀囀鳥鳴就像輕快的旋律，祂沒入森林中。忽然，山裡傳來某種聲音，像是地鳴。那是巴埃嘎努的聲音嗎？聽來竟如此舒服。

彷彿將壓在我們身上的東西都釋放了。

我看向塔拉嫵，露出微笑。她也笑，那是真實的笑，帶著生命力。這次換我說那句話了。

「我們回家吧。」

當晚，我把我的祕密告訴她。我從沒告訴任何人，連前女友都沒有。

我小時候就失去父母，原因很複雜，但就人性來說，也許很單純。父親外遇了。母親也許為了報復，竟也外遇。但父親明明是先外遇的，卻跟母親的外遇對象爭風吃醋，最後竟被對方所殺。母親協助棄屍，案子被偵破後，母親就入獄了。好像事情比我知道的更複雜，但因我還小，大家不願說太多。

雖然被親戚帶走，其實親戚也覺得麻煩，所以我高中時便想盡辦法自己找房子住。我不覺得自己能愛人。有些人向我告白，我覺得做不到，難以想像，便都拒絕了。大學時，因為前女友攻勢太強，我覺得也許可以試看看。我對愛一無所知，也許她能教我。

「現在，我知道什麼是愛了。」我輕聲對懷裡的塔拉嫵說：「我不知道是怎麼開始的，但我確實能說，這就是愛。也許我該謝謝前女友。雖然我不瞭解她，我沒有真正試著瞭解。我只是旁觀，卻不試著同理。或許她也是。但她確實教了我一些關於愛的事。」

「愛沒這麼複雜。」她說：「但……我不知道這在漢人中是不是常態，但我可以想像，這對你來說確實不容易。謝謝你告訴我這些。」她摸著我的臉，接著是脖子，我的背。我感到某種索求。我們彼此索求。

我們纏綿在一起，在帶來生命的柴火邊合而為一。

結束後，她在我身邊用暖洋洋的聲音說：「就算沒父親作證，我們也成親了。雖然依照我們族裡的習俗，我們要互相給對方聘禮，但我身上只有陪葬品，你接受嗎？」

「當然。」我溫柔地說。她給我一串由細珠串成的手環。我身上也沒什麼東西，只有一直放在口袋裡的鑰匙。既然現在不需要了，我便將鑰匙給她。她噗嗤一笑：「在我所知的厤亞婚禮中，這些是我見過最寒酸的聘禮了。」

「是啊。但我們還是完成了儀式。」我也笑了：「我們在一起了。」

當晚我們相擁而眠。我想，我的餘生都會在玉山上渡過了。

那時我真的這麼想。

但隔天醒來，塔拉嫵不在我懷中。怎麼回事？她離開山洞了嗎？一開始我還樂觀地等她，但到了中午，她還沒回來，我便擔心了。接著我發現，我送給她的鑰匙，竟掉在我們同眠的乾草堆中。那就像不祥的徵兆，我立刻衝出山洞，呼喊她的名字。

這一年來，我已十分熟悉山洞四周。我知道該去哪裡打獵，該去哪裡採集水果、野菜，許多地方是我們一起去的，我們有共同的回憶。但我找遍每個地方，「塔拉嫵」、「塔拉嫵」地喊，回聲從四面八方傳來，就是沒她的應答。直到太陽下山，夜裡的森林太危險，我才懷著一絲希望回到山洞。

但還是沒她的身影。

為什麼？我呆呆地望著她送我的手環，將它跟鑰匙擺在一起。我想起她昨天笑著說「最寒酸的聘禮」，忍不住悲從中來，一個人在山洞裡哭泣。她會不會出事了？不會，她是死靈，不可能再死。那為何她消失了？

其實我心中隱約有答案，只是不想面對。

是巴埃嘎努帶走了她。

這理所當然，祂本就是靈界之神。祂會巡迴自己的獵場，便是要將清掃生死界線，讓一切回到正軌。但是——

「為什麼！」我敲著地面，滿臉淚水地吼道：「如果你會帶走她，為何又要給我們最後的時間？」

那多殘酷啊？

卻又多仁慈啊？

我哀痛地倒在乾草堆上，心裡浮現一個念頭：至少她回到鞋哆烏納了。一個厤亞人該去的地方。但前夜的回憶糾纏著我，幾乎將我撕裂。我完全失去活下去的動力，接下來幾天，我也沒出去狩獵、採集植物，只吃著之前留下的食物。山洞處處是她的影子，我一想到過去的事就落淚，萬念俱灰。

我渡過了一段不知多長的時光。

慢慢的，我接受現實。有天我早上起來，忽然豁然開朗。我來到山洞外，看著熟悉的環境，走來走去，接著跑進森林。我呼吸空氣，感到塔拉嫵教給我的一切都還在，就在我的體內。我能在玉山上奔跑、獵殺動物、還能自由地嚎叫。這並非毫無意義。

我重生了。我學會真正的田野，學會了愛人。這都是塔拉嫵教給我的。我又哭又笑，大聲呼喊，最後變成放聲大笑。謝謝你，塔拉嫵。你帶給了我這麼多東西，我卻無以為報。即使在你離開的現在，我仍感到對你的愛。

在狠狠的發洩後，我回到山洞，握起她留下的鑰匙。

這是希望我回山下的意思吧？塔拉嫵。

我不會忘記你的。我曾是麻亞人，但現在我是自由的，我可以是任何人種，我有這樣的自信。我在山上的日子，就像黑白棋一樣，曾經被翻成另一種顏色，但塔拉嫵留下的這把鑰匙，把盤面的顏色全都翻了回來。

兩天後，我做好下山的準備。但下山前，我還有兩件事要做；一是把塔拉嫵送的聘禮還給達達武，二是把偷來的獵槍還給布農族。從山上拿的東西，當然該還給山上。我已經得到夠多的祝福。

我前往達達武，邊走邊想，如果我告訴他們我和塔拉嫵的故事，他們會怎麼想？達呼又會怎麼想？雖然達呼曾將我當成活祭，但他們是我在世界上，唯一能分享塔拉嫵的故事的人，所以我還是想告訴他們。

我希望他們知道，在這一年中，我與塔拉嫵過著怎樣的生活。可以的話，我希望我們的故事能流傳下去。雖然這有些癡心妄想，畢竟達呼要是知道了，一定很生氣吧？但不知為何，一想到達呼為此生氣，我心中竟有些溫暖。大概是因為，他跟我一樣愛著塔拉嫵。

雖然我們愛的形式不同。

我走進達達武部落，有些人認不出我，畢竟這一年來我變了很多。但有些人認出來了，他們一看到我就臉色大變，驚呼：「是那個漢人！他回來了！」

「怎麼會？」

他們亂成一團，讓我錯愕。但轉念一想，這也是理所當然的。畢竟他們都知我是活祭，也許以為我是來報仇的吧。我張開雙手走向前，笑著用麻亞語說：「你們不用怕，我沒有敵意。」

他們還沒回答，我便聽到一個聲音。雖然很遙遠，但我太熟悉了，我知道那是什麼。我呆住了，打從靈魂深處顫抖，強烈的反胃感湧上。那是妖精般的聲音，卻帶著妖異。不自然的妖異。我跑了起來，一路上，麻亞人看到我都大吃一驚，卻沒人攔我。

那聲音越來越清晰，肆無忌憚。

「嘻嘻，父親我就跟您說過啦，那個漢人還以為我真的愛他，真是傻了！放心吧，我這輩子都只會好好孝順父親您的，您要是不相信，我去為您殺了他都沒問題。」

暈眩感讓我腳步顛倒，這是塔拉嫵的聲音，再明白不過。然而，怎麼會——

忽然間，所有的線索串在一起，衝擊我的大腦。

「如果還魂巫術成功了，我就不再是我了！」

塔拉嫵的聲音在我心中如雷般響起。我心跳加快，呼吸也變得急促。天啊！我這個白癡！這有多明顯？我會去鹿林天文臺，不就是因為「尋找活祭的時間到了」？如果達呼也同時找了別的活祭，進行還魂巫術，那會怎麼樣呢？

雖然塔拉嫵說過，還魂巫術只能進行一次，所以她的母親沒有再度還魂，但那是在還魂巫術成功的情況下。若像去年那樣失敗，誰說達呼不能再進行一次？其實我在踏進來的瞬間就該明白了，如果達呼已放棄還魂巫術，大可回到「氣息的向陰地」。

但達達武部落還在這裡，就表示他仍打算做些什麼。

真相敲擊我的大腦，氣血湧上，世界彷彿也變得血紅。渾渾噩噩中，我把手伸進口袋，拿出那把鑰匙。塔拉嫵會把鑰匙留下，真的是要我回家嗎？還是要告訴我，她不可能放著聘禮不管，所以留下這個當求救訊號？

無所謂，這個問題，我可以在鞀哆烏納問。

黑白棋的顏色再度翻轉，我把鑰匙丟到地上。

塔拉嫵，等著我吧。我馬上就要將妳的靈魂奪還回來，讓它回歸正確的地方了。別擔心，我馬上會跟著去。我一定會去，因為我是麻亞人，絕對會跟妳一起到鞀哆烏納部落。就算妳的靈魂被玷污了，我也會去陪妳。我保證。

獵槍上膛。靈鳥嘎汝的聲音響起，在將死之人身邊。

THE END

第三屆・特優
〈太平杏〉

冷魚

作者簡介／冷魚

本名賴宇宣。二〇一五年畢業於台大資工系。軟體工程師、歷史與音樂愛好者、以閱讀速度緩慢自豪的讀書家。現經營個人工作室，並尋找美術設計師中。

一、

烈日當空，酷暑的陽光照在地上，熱氣蒸騰起來。若是平常，下午的廣州該是熱熱鬧鬧，貨郎和船工摩肩擦踵，蒸發的汗水與喧嘩人聲一同鼎沸。

如今，只剩下血味瀰漫空中。

「葉巡撫未免太殘忍了……」

許未生和杏兒走過街口，街道的兩旁擠滿了人——腦袋與身體分家的人。一部分少了右耳的頭顱沒闔上眼，表情半是怨恨半是驚怖，從脖子流出的血液黏稠半乾，滲不入早已吸飽血的泥地。

清兵一開始還會幫忙收屍，後來改成帶走頭顱以便清點，卻發現人頭實在太多，推車和布袋都要裝不下了，才改成只割下右耳。

「走吧。」杏兒拉著他的衣角催促。

他沒有回頭，繼續沿著街道行進，朝血腥味較淡的區域走去。到了最後，殺紅了眼的士兵早已忘記原本的目的，只在肚子或胸口砍一刀就了事。當然，這樣的傷口通常足以致命，但人的生命之頑強往往出乎意料。

尤其是當他們遇到一位好醫生，那位醫生又恰好帶著醫靈。

杏兒繞到前方，擋住他的去路。

「他們不是你的病人，是太平軍的亂黨。」她抬起頭來，一臉擔憂。

「他們都沒有蓄髮，只是親族和無辜的鄰居。真正的太平天國人不是在和清軍打仗，就是搬到南京去了。」那個被太平軍攻陷，現在叫做天京的城市。「何況，無論是亂黨或旗人，我都不能不救。」

「你會惹上麻煩的。」

他往旁邊跨了一步，兀自彎腰將手放到傷患的脖子上，開始檢查脈搏。杏兒嘆了口氣，也只好跟上。有間民家的窗戶開了條縫，一個孩子探出頭來，似乎好奇這兩人所為何來，但又迅速被父母關上。

其實去救這些「亂黨」不算太過危險。葉名琛會向北京回報，他殺雞儆猴的作法「成效卓然」，廣州將不再出太平軍，因此沒留下多少士兵巡邏。

但他明白杏兒是關心他。她身為醫靈，是森羅萬象的一部分，與天地山河同壽，清兵的刀劍傷不了她。除非自願現身，凡人甚至看不見她走過，只會聞到淡淡的杏花香氣。

即使血腥味充斥著鼻腔，他仍能察覺那細若游絲的花香。

「這一個。」許未生停在一個左胸被刺穿的年輕男子前。「我想還有得救。」

他望向杏兒少女般的臉孔，後者皺起眉頭。「難。心脈未斷，但肺的傷口亦可致命。」

「可並不是全無希望，對吧？」

她凝視著傷患，非常緩慢地點了點頭。許未生感到信心倍增。醫靈眼中的世界不同，能看到凡人看不到的化物，她說沒救的病人，閻王想拒收也難。

他清理地面把病人放平，從腰間的藥囊中找到安息散，解下背包拿出小刀和清水。少年掙扎著喘氣，眼神渾濁迷茫，不知是傷得太重還是不敢相信竟然有人在醫治他。

「別怕。」他安撫地說，「先服下這個，很快就好了。」

安息散會減緩心跳呼吸，意識和感官也會變得遲鈍，常被作為麻醉藥使用。少年順從地和水吞下藥丸，但由於劑量不高，臉上仍帶著痛苦。

他感到杏兒柔軟卻冰冷的手輕輕握住了他的肩頭，將他帶入她的世界。

在許未生的眼中，少年的身體突然被密密麻麻的紅色藤蔓覆蓋，枝條上比血更紅的刺扎入他的皮膚；他割開胸前的衣服，被劍刺穿的傷口血肉模糊，許多黑點般的小蟲正在其上盤旋；少年的腳邊，兩隻野鼠正縮成一團，小心翼翼地等待著。

苦蔓、腐蚋和亡鼠，都是很低等的化物，低等到沒有人會以「靈」稱之，但杏兒總是告誡，牠們並不是邪惡的妖魔，只是萬象的一部分。

她全身散發暖柔的白光，光線照到之處，苦藤萎縮、腐蚋和亡鼠爭相竄逃。少年的面孔變得安詳，閉上雙眼沉沉睡去。

許未生在病患身旁跪下，開始清理創口，同時引導醫靈之光，驅趕不斷試圖聚集的黑色小蟲。他小心地觀察病人的反應，呼吸變得太過緩慢或急促時，便將一部分力量注入心口，使其平穩下來。

若是杏兒直接施術，一瞬間就能讓傷口癒合、骨肉再生，但天生萬物皆有盡時，延長將死之人的壽命，是屬於萬象的醫靈所不允許。因此醫靈只能尋找醫術高明的醫生，透過他們的手行醫。

許未生最後一次洗去血污，開始以針線縫合，再敷上葛粉和龍腦混合的藥膏。他盡可能在周遭清出一塊乾淨的區域，看到被稀釋的大量血水，一顆心慢慢沈了下來。失血量實在太多，肺部的傷口也不小，即使靠杏兒的力量勉強救活，還需要充分的藥物和衛生的場所靜養。

但是……還有更緊急的事。他站起身，隨手擦拭汗水，不顧自己的脖根染上血跡，去檢查下個傷者的脈搏。

杏兒拉住他的手臂。

「就這樣把他扔在那裡？」她以心語質問，無須開口。

「他一時死不了的。」他煩躁地辯解，「城裡幾間大客棧和醫館都被官兵徵用了，小的住不了這許多人，更怕受到牽連。」

她搖搖頭。「晚上瘴氣出沒，蚊蟲也多。」

她切斷了聯繫。失去醫靈的守護，跪坐多時的雙腿立刻湧現疼痛，使他心神一震。夕陽即將西沉，落日的餘暉照在浸染紅色的土地，映出鐵鏽般的詭異色澤。街道不再佈滿藤蔓，只剩下屍體與將死之人的呻吟。

好多傷患，他心想。他們一人一靈，花上三天三夜也處理不完。

「天下病人何其多？」她用人類的聲音輕聲說道，「醫者救人難救世。即使只救一人，也算盡了天命。」

救世。許未生想起，曾經有人給過他救世的承諾。拜上帝會的教義說，慈悲的神將會拯救眾生，建造強不犯弱、眾不暴寡的大同世界。

但神真的存在嗎？他看著杏兒，醫靈的輕薄長衫血污不沾，潔白如新。他曾懷疑杏兒是拜上帝會口中的天使，但神的使徒會只能醫治蟲魚鳥獸，必須借一介凡人的手才能救人嗎？

如果有神，祂會讓這個國家頹敗至此嗎？

「我知道你在想什麼。」杏兒回望著他，說道：「世上沒有神，只有萬象萬物生生死死、緣起緣滅。靈也不例外。」

「這我明白。」他嘆息，回頭將少年癱軟的身軀扛起，叩叩眼前民家的門。

一如他所料，沒有人應門。廣州是個大城市，清兵殺的人再多，也不過其人口十分之一，可大多數人早就嚇壞了。這附近許多人家都認得他，但不想為一個素昧平生的病患惹上麻煩。

他走向下一戶人家，得到相同的待遇。下一家、再下一家……

「許大夫真是辛苦了。」一個聲音突然從背後冒出。

許未生急忙轉身，看到一名老頭和三名男子擋在路中央，年輕的三人都配有刀劍。他反射性地將杏兒拉到身後。

「大夫不必慌張，我們不是清兵。」為首的高大男子說道。他沒有辮子，一頭粗硬短髮剃得平整。

「太平軍！官府才剛在肅清，你們竟敢到廣州來？」

「姓葉的殺平民百姓不手軟，作戰起來膽子比豆子小。」男子笑道，「何況我們……很擅長隱藏。」

許未生看著那老人，發現他的臉孔其實尚算年輕，只是佝僂的姿態、泛黃的衣服和緊緊皺起的眉頭讓他顯得老態龍鍾。然而，他身上似乎有種熟悉的力量……

「不是人類？」他以心語問杏兒。

「土靈。頂多只有一兩百年修為，但足夠使縮地神行之術。」她答。

「難怪你們能無聲無息出現。傳說太平軍中有不少奇人異士相助，因而能屢破清軍，今天算是見識到了。」

後方兩個士兵聽了這話，驚慌地對望一眼，但高大男子的笑意不減。「民間說許大夫是兩廣第一名醫，果然名不虛傳。在下太平天國檢點張濤，不為別的，只為求醫而來。」

「不是你自己的病吧？」

「天王不便遠行，請隨我來一趟天京。」張濤恭敬地抱拳。

這答案在許未生的意料之中。檢點在太平軍中是很大的官職，加上擁有土靈憑依，能勞動這位重要人物親自前來，病人的身分自然非同一般。若不是治理天京的東王楊秀清，就只能是自稱為天父次子的信徒領袖，天王洪秀全。

生命無分貴賤，他並不排斥替達官貴人看病，許多年前，只是個小江湖郎中的他，就因治好了兩廣總督林則徐的頑疾而名動一時。

但他聽說，太平天國燒殺擄掠，手段殘酷比清廷尤有過之。在他們統治的區域，百姓不得遷徙，所有財產都要充公上繳聖庫。當清兵屠殺所謂的太平黨羽時，天國的王侯在天京享樂。

這樣的王值得他去救嗎？他用心語詢問杏兒，一如往常，她沉默不語。人類政權之間的紛爭，醫靈似乎不願參與。

張濤見他遲疑不決，便道：「天王是天父之子，萬國萬民的唯一真王，協助他便是成就天命，在天上和人間都少不了你的賞賜。」

「我不要你們的錢。」他說。

「許大夫的意思是……」

沉甸甸的人體壓在肩膀上，他看著張濤，高大男子的眼神誠懇，卻帶有為達目的不擇手段的陰暗。在他身後，血色的街道彷彿無限延伸，沒入紅日融為一體。

「我要你們負起責任。」

二、

船隊沿著海岸北上，外海稍遠處停泊著幾艘大型戰船，桅杆上飄揚的並非黃色的太平軍旗，而是繡著白紅十字的英吉利旗幟。

「洋人正式和太平軍結盟了嗎？」許未生隨口問道。

「他們是在保護自己的商船。」張濤回答，「但洋人和天國兄弟姊妹一樣是天父的子民，互相合作也是理所當然。」

他點頭表示理解。鴉片戰爭後，清廷就對洋人多所忌憚，這支船隊暫時是安全的。土靈的聯繫雖然能帶人迅速移動，但每次轉移的距離不長，加上船艙的空間有限，最後他們只選了五十名較嚴重的傷患，一組五人分散在各船上。

杏兒坐在船板上，一手抱膝，另一手與他相握，不斷傳來醫靈的聯繫。他對此暗暗感激，現在已是隔天入夜，連續工作這麼久，一般人恐怕早就不支倒地了，但醫靈之光像是一道清流，不斷洗滌他的疲憊。相對的，即使消耗如此多的靈力，她看上去仍如往常般清麗脫俗，連略顯疲態都稱不上。

杏兒是很古老的醫靈，據她本身的說法，在周文王的年代就已存在。對於如此強大的靈為何選擇自己作為宿主，許未生感到不解又萬分幸運。

「不休息一下嗎？」他問。

她搖搖頭。「我們真的是做了好事嗎？」

「我們救了五十條性命，這哪裡不好了？」他驚訝地問。

「你讓他們離開家人，前往太平天國。那裡的生活對傷病者可不容易。

「這是沒辦法中的辦法，廣州太危險了。」他說，「就算稱不上什麼偉大的功德，救人也總不會是件壞事。」

這就是他和杏兒最大的不同。她總要思前想後，他則只會義無反顧的去做。十歲時，身為獵戶之子的他卻禁不住惻隱之心，救了一隻受箭傷的母鹿，從此他便知道自己的天職。

另一端的船側，幾名士兵鼓譟起來，對他們指指點點，張濤底下一個隊長大聲喝叱。他們安靜下來，但仍用心懷不軌的眼神打量杏兒。

其實怪不得他們。天王自己妻妾成群，整天在宮中與嬪妃作樂，卻要人民男女分館，過著僧侶般的清修生活，這些年輕小夥可能很久沒看到女人了。但許未生還是狠狠瞪著他們，不自覺按住別在腰帶上的金針。

杏兒見狀露出微笑，笑意極淺恍若錯覺。「別鬧了。你以前不也是那副樣子？」

「我？我哪有？」他一愣。

「像現在一樣，在船上的時候。」

許未生努力思索，才想到她指的是許多年前，他和朋友們遊船的事。當時他剛收了林則徐的酬金，意氣風發，便和幾個朋友湊錢，租了船請了歌女，在珠江上飲酒作樂，岸邊萬家燈火映在江上，像是水底無數發光的寶石。

飄香雲鬢玉釵風，人面燭光相映紅。那歌女唱道。

許未生癡癡看著她，他從未見過扮相姣好的年輕女子，不禁紅了臉頰。他的朋友們在一旁起鬨著。

韓文杰，一個地方上小有所成的商人，他撫掌大笑，五音不全地和唱。

林韋昌，武功高強卻是他們之中酒量最差的，他手舞足蹈，想伸手抓歌女的衣擺，被她輕巧地躲開。

王禾，是個飽讀詩書的文人，對醫術也很有興趣，沒心思聽唱歌，只想纏著許未生問某個藥材的效用。

當然，還有洪仁玕，洪秀全的族弟，透過他，許未生接觸了拜上帝教。那時太平天國還不存在，他只是個平凡的落第書生，溫文儒雅、沉默寡言。但當他談起拜上帝會的教義，他便像是變了個人似地，滔滔不絕講著他與兄長一同成立天國的理想。

他那充滿熱情的演講，訴說許未生從未聽聞的雄才大略，一針見血指出清廷的種種弊病，滿人外族統治漢人的荒謬，以及他將如何利用洋人的制度和技術改革中國，在天朝上國貫徹天父的意志。聽著那平和卻有力的嗓音，許未生幾乎被他說服。

可惜誰也沒有料到，清朝開始搜捕拜上帝會時，韓文杰立刻就出賣了他們。洪仁玕逃往香港，在洋人的庇護下苟且偷生，林韋昌為求自保加入了太平軍，而許未生在林則徐舊部的協助下逃出，將死無全屍的王禾帶回家鄉安葬。

而他同樣沒料到的是，在洪仁玕兄長治理下的太平天國，並沒有變成許諾中的樂土，卻是腐敗程度與清廷不相上下的夢魘。

別後鉛華今始見，豈無膏沐為誰容！歌女幽然唱道，娉婷身影融化在水中，萬紫千紅的珠江消失，他的眼前剩下杏兒。

「怎麼了？」她問。

「等等……」他迷惑地說，「珠江遊船，那是十六年前的事了，當時我們還未相識，妳怎麼會知道？」

杏兒正要搭話，一名太平軍慌慌張張從船尾跑來，嚷嚷：「許大夫！不好了，許大夫！」

許未生匆匆忙忙站起，一不小心放開杏兒的手，千斤重的疲憊立刻壓倒而來。他好不容易穩住腳步，重新建立起聯繫，問道：「發生了什麼事？」

他隨著士兵跑過甲板，進了另一艘船的船艙，幾名傷患躺在地板上，其中一個老人臉色特別蒼白，一隻巨大的亡鼠在他的鼻尖甩著尾巴。

「糟了……」他想起，這人失血特別嚴重，當初給了他不少生命力，但顯然還是不夠。他太急著照料下個病人，無暇做出仔細的診斷。

他詢問地看著杏兒，她緩慢搖頭。「頂多一兩成吧。」

「總得一試。」他探手驅逐亡鼠，但被醫靈之光照到時，牠只是微微瑟縮，逼得他從尾巴抓住，扔到一旁。然而，圍在老人頭部周遭的大量亡鼠立刻補上空缺。

「給我紅花和當歸，快。」他命令邊上一名士兵。

士兵立刻行動，卻被一個高大身影擋住。張濤不知何時已經來到船艙內。

「你來幹嘛？」他語氣不善。不問可知，張濤是奉命在監視他這位「貴賓」。

「希望許大夫不要見怪。」張濤用他令人惱怒的恭敬語氣說，「只是也許我們該聽這位姑娘的建議？」

「你既然知道我是大夫，就該讓我負責病人。」許未生說，「把藥材給我。」

毫無預警地，張濤抽出配劍，架在許未生的脖子上。

「這裡由我負責，無論是病人還是死人。」

兩人對視，許未生感到一滴冷汗流過背脊。但這不是他的生命第一次遭受威脅，因此還能冷靜思考。

「我們有過協議。」他搬出唯一的籌碼，「你們幫助廣州的難民，我救治你們的王。」

這話引起周遭一陣譁然，顯然許多士兵並不知道他此行的目的，但張濤毫不在意。

「我們的協議不包括在只有一絲活命機會的人身上浪費藥材。」軍人冷酷地說，「天國正在和滿族韃子打仗，每一滴資源都非常寶貴。」

「如果我堅持呢？」

張濤微笑。「那人們就少了一名好大夫。」

許未生沉吟著。張濤當然是在虛言恫嚇，但只要一些藥材就能換來他盡心盡力的協助，為什麼偏要用威脅的呢？難道天王洪秀全的性命，竟比不上幾兩紅花重要嗎？他不禁對張濤的忠誠起了疑心。

正在僵持間，亡鼠撬開了老人乾薄的嘴唇，一瞬間，無數的老鼠鑽入他的口鼻，呼吸戛然而止。杏兒別開了頭，表情平靜依舊。

附在張濤身上的是土靈而非醫靈，應該看不見亡鼠，但他似乎注意到兩人的神情變化，笑意更深了。

「歡迎來到天國，許大夫。」他將劍收回劍鞘，轉身離去。

三、

船隊乘風破浪，從珠江口到長江口，竟然只花了五天。杏兒猜想，太平軍中也有水靈的相助。

據說，每一個滿人嬰孩出生，就有三百個漢人呱呱墜地。坐擁巨大的人數優勢，又加上眾靈之力，太平軍推翻滿帝似乎是遲早的事。

除了那名不幸的老人外，病患們的情況都在逐漸好轉，一上岸便被安置到太平軍的傷兵營帳裡。

在眾多軍士護送下，許未生和杏兒跨過天京城門。進城前，為了避免引起不必要的猜想，他讓杏兒先進入隱身。不知什麼原因，張濤似乎認為此舉不妥，但最後也不堅持反對。

他聽說，太平軍不止把南京換了名字，也改變了它的靈魂，曾經朝氣蓬勃的街道如今死氣沉沉，居民在軍人的監督下勞動，最有力氣的年輕人都被編入軍營或去挖掘壕溝，其他人男耕女織，入夜後分館而居，夫妻不復相見。

因此，當他看到街道擠滿了人時，就知道肯定有什麼地方不對頭。男女老少站在路上，舉目所及都是人群，穿著一模一樣，想來是太平軍統一生產發放的淺褐粗布衣，張濤的隊伍前方有幾名士兵拿著長槍開路，但其實他們不怎麼費力吆喝，人們就自動讓出一條路，呈現軍事化的秩序。

許未生曾在許多大城市落腳，對人潮當然不陌生，但在他印象中，這麼多人聚集在一起總是喧嘩吵嚷、萬頭攢動。天京市民組成的人陣卻像無風的水面，壓低聲音低頭交耳，一邊看著軍隊行進，寂靜又非靜的氛圍讓空氣凝重起來。

然而最讓他喘不過氣的是人們的眼神——異常熱切的眼神。不是船上士兵那種有輕薄意味的貪婪，而是不顧一切的急迫渴望。宗教狂熱的眼神。

這些人到底在看什麼？他們的目光似乎不是聚焦在張濤和他的士兵上，而太平天國裡異人再多，也不可能每個人都看得到隱形的靈。

「天京放假不工作嗎？」他忍不住問。

「只有今天不用。」張濤回頭，掛著意味深長的笑容。

許未生還想再追問，但張濤不再理會，土靈壓低身體跟在身邊。

「沒事的，這些人沒有敵意。」杏兒似乎看出他的擔憂，低聲以心語安撫，半透明的輪廓微微發光。

「我知道。」他伸出手想握住她，但想到在其他人眼中會顯得多不自然，又垂下手來。「只是……我不懂他們在期待什麼。」

許未生的視線掃過人群，輪流與每個人四目相對。然後他找到了他們熱切視線的交會點：他自己。

在前方士兵沒來得及反應前，一個女人從人群中衝出，跪倒在他面前，口中發出悲切的哭喊。

「天父的救苦使者啊！求求祢，回應我的祈禱，救救我妹妹的病……」

「退下！」張濤喝叱，「天下一家，長幼有序，救苦使者要前去謁見天王，豈輪得到妳阻攔？速速退下！」

兩名士兵的立刻架住女子的兩脇，但她瘦弱的身軀不知哪來的力氣，士兵竟無法移動分毫。她只是一個勁的磕頭，嘴裡喊著許未生聽不懂的話語與禱詞。

許未生俯身，發現那女子還十分年輕，頂多才二十來歲，但顛沛流離的歲月已在臉上留下皺紋，破舊髒污的布衣使她更顯憔悴。士兵想把她抬起來，卻好幾次被掙扎甩開，其中一名開始不耐煩，放開她的手臂，舉起了長槍。

「等等！」許未生趕緊擋在士兵和女子之間。

「別節外生枝。」杏兒警告，一手抓住長槍，士兵因突如其來的隱形力道而一驚。

「求求祢……救救她……」女子抬起頭，鮮血從額頭上流下。

這人也是來求醫的。對於眼前的情況，許未生一頭霧水，但他知道自己此行的目的，也知道她的心情如何急迫，於是他單膝跪下，湊近那名女子。

「妳不需要對我下跪。」他輕聲說道，「我不知道妳的姊妹出了什麼事，但我應承妳，在我辦完天王府的事後，一定會盡力救治她。」

有好幾秒鐘，女子仍然哭叫呼救，但聲音逐漸變弱，彷彿許未生的話要花一段時間才能從她的耳朵傳到腦袋。最後，她低下頭去，任由士兵拖走，口中喃喃說著感謝的禱詞。

「感恩天父……」

她被推入人群時，引發了一陣小騷動，但在士兵的指揮下很快又恢復秩序。張濤傳令下去，要他們唱太平天國的聖歌。

享天福，脫俗緣，莫將一切俗情牽——

數萬人低聲合音，一句接一句唱著對許未生而言毫無意義的歌詞。似歌唱又似吟頌的腔調迴盪在天京，不但無法平靜他的心情，反而讓他想起漫天蝗蟲的嗡鳴，令人毛骨悚然。

「無稽之談。」杏兒搖搖頭，腳步慢了下來，纖細的手指微微顫抖。靈不該直接干涉人間紛爭，僅僅抓住一件兵器已是她的極限。

「妳不需要出手的。」許未生緊抓住她的手，無視旁人疑惑的目光。「有妳的聯繫，對付一個士兵我還綽綽有餘。」

他不是在說大話。許未生的體格不算強壯，也沒有學過和人格鬥的武技，但醫靈之力不止讓人精力充沛百病不侵，還能給予宿主過人的力氣與速度。

杏兒瞟了他一眼，沒有說話，但許未生明白了她的意思：這裡是太平軍的地盤，若是真和他們動起手來，他絕對別想活著離開天京。

「走快點，別耽擱了天王。」張濤低聲命令，現在連「許大夫」都省了，似乎離目標走近一里，他的禮貌就減少一分。他揮手招來更多士兵，把他們和人群隔離開來。

「請不要追究那名女子。」他請求。

「若我是你的話，可沒空去操心別人。」張濤冷冷地說，嘴唇笑意扭曲。

***

天王府是座戒備森嚴的宮殿，和東王府與翼王府比鄰，構成統治一萬萬人民的權力中樞。大小門窗都設有輪班看守，走廊也不斷有持長槍的士兵來回巡邏。就像絕大多數的歷代君王一樣，天王洪秀全看來也是個缺乏安全感的人。

但似乎少了點什麼。許未生隨軍士進入府內深處，一路上碰見的都是戎裝的侍衛，沒瞧見半個奴僕。他知道太平天國不設宦官，但聽說洪秀全妻妾成群，三宮六院七十二嬪妃，這樣沉溺享樂的王怎會無人服侍？何況就算他自己不需要，許多妃子總得有宮女來伺候吧？

他懷著疑問，來到天王寢宮門前的小院，一條絲線從門縫中探出。幾個衣著華麗，一看便知地位不凡的高官正在那等候著。張濤大步上前，在一名獨眼人面前跪拜，其餘士兵也隨之跟進。

「稟東王，許未生大夫帶到。」

「起來吧。」東王用他低沉而充滿威嚴的嗓音命令，「閒雜人等都下去。」

張濤他帶來的士兵排成兩列離開。許未生注意到，小院裡沒有一人穿著士兵或士官制服，剩下的人要不是配劍的將領，就是身穿繡紋長袍的王侯，其中幾人身旁有半透明的靈。不像是讓大夫看病的場合。

等小兵們魚貫離去後，張濤對他大喝：「見了東王，還不跪下？」

沒等許未生回答，檢點就一腳踢在他脛骨上，他立刻倒地跪拜。

有被醫靈強化的身體，許未生其實不太吃痛，反而是張濤一臉震驚，似乎不敢相信文弱的醫生竟有如此結實的小腿。但他覺得在弄清楚這些天國高官有何企圖前，還是先別唱反調的好。

「許大夫請起。」東王慈祥地說。

許未生看向他。楊秀清身材不高，比張濤矮了不只一個頭，又瞎了左邊眼睛。儘管其貌不揚，他身穿華麗繡龍朝服，不試圖掩飾盲眼的缺陷，反而戴上誇耀的紫金紗眼罩，不卑不亢地微笑著，渾身散發王者的自信。

「奇怪。」杏兒的心語傳來。

「怎麼了？」

「我在他的身上感到火靈的聯繫。」她沈吟道：「但很微弱。比初生的稚靈還弱太多。」

許未生思索著這意味著什麼。

「舟車勞頓辛苦了，希望我們的將士沒有太為難。」楊秀清繼續說道。

「承蒙天父恩澤，草民一切安好。」他小心地回答。

楊秀清大笑，周遭幾名將領也哄笑起來。

「客套話就省了，許大夫。我們都知道，讓你能替天王治病的不是什麼天父，而是那個醫靈。」

許未生蹙眉，大剌剌地談論醫靈讓他很不自在，而東王對天父的態度更是出乎他的意料。天京城裡的人民虔誠向神，在場身處信仰核心的要員們，卻似乎對東王的不敬言論習以為常。

「這裡沒有祕密。」楊秀清攤開雙手，「我們借靈之力殺敗滿清韃子，展現神蹟讓民眾團結，若真有天父，我相信這便是祂的旨意。現在，我們需要你的靈展現力量。」

許未生猶豫了一下，然後頷首。不管東王和其他人究竟信仰什麼，他的任務還是沒變。宗教和政治上的問題，等看完洪秀全的病再思考也不遲。

他走向天王的寢宮，幾名軍人立刻擋住去路。

「天王有旨，除了他熟識的奴僕以外，任何人或靈不得進入房內，沒有例外。」楊秀清笑著說。

「那便請他出來就診。」

「天王的病太重，下不了床。」

「這樣怎麼治病？」他忍不住抗議。

「這就是醫靈派上用場的時候了，許大夫。」楊秀清的笑意更深了。

許未生不解，以心語詢問杏兒，她也是毫無頭緒。

「隊長，把東西拿上來。」東王命令道。

一名軍人拉起寢宮門縫中的絲線，走下門前台階，將線頭交給許未生，有極短的瞬間，頭盔下的眼睛與許未生四目相接。

是林韋昌！他差點驚叫出聲。

離他們在珠江上一同喝酒遊船，已經過了十六個年頭，他的鬢角已經開始發白，臉上也多了不少疤痕，但許未生有十成十篤定，那絕對是林韋昌的雙眼。

從那片刻的停頓，許未生知道林偉昌也認出了他，但從故人眼中一閃而過的光芒，並非他鄉遇故知的喜悅，反而像是十分痛苦。

林韋昌別過頭去，退回原處，軍人的冷硬眼神直視前方，像是完全不認識他一樣。此刻恐怕不是老友敘舊的好時機。許未生極力掩飾內心的悸動，看著手中的線頭。

「這是什麼？」

「許大夫別說笑了。」楊秀清說道，「儘快請醫靈施展懸絲把脈之術吧。」

懸絲把脈？他目瞪口呆地想著。雖然曾在民間傳說裡聽過此類醫術，但傳說畢竟只是傳說，只靠一條絲線就要診斷疾病，即使是醫靈也辦不到。

「簡直荒謬，幾千年來也沒聽說過。」杏兒說。

許未生本想這麼回答，卻見到東王方才的慈愛笑容已經消失無蹤，旁邊的張濤更是表情陰鷙，一手按在配劍上。其餘的官員有些顯得漠不關心，另一些則睜大眼睛，謹慎估量著他。

他感到自己在懸崖邊碎步行走，明白此時說錯一句話的代價極大。

「我盡力而為。」他硬著頭皮說。

他根本不知該從何做起。他試圖將絲線攢在手中，感受它傳來的脈動，但結果跟為一棵樹把脈沒兩樣。楊秀清挑起一邊眉毛，觀察著他。

「讓我試試。」杏兒冷靜地說。

他把線頭遞給杏兒，她卻看也不看，徑直走向房門。門前的守衛看不見她，那些有靈憑依的官員們略顯訝異，視線隨她腳步移動，卻也沒出手攔阻。

但當杏兒走到門前時，楊秀清開口了。「我說過了，無論是人是靈都不能進去，沒有例外。」

許未生注意到，杏兒要開的明明是左扇門，楊秀清的眼神卻聚焦在右邊，偏了起碼三尺有餘。他似乎看不見靈，只是觀察眾人的反應猜到發生了什麼事。

「不進去，總行了吧。」他複述杏兒的心語。

她將耳朵貼在門縫上，聽著房內的動靜，專心得像一尊木雕般動也不動。

良久良久之後，她抬起頭來，走回許未生身邊。

「怎麼樣？」他急切地問。

「咳嗽聲。」杏兒回答，「虛弱、無血、痰不多。」

「也許是肺癆初期，或是輕微的水腫。」他說。

她停頓。「還有，那門上有隔絕靈的結界。」

他從未見過這法術，但依王府的警備程度之嚴，不難想像寢宮有額外的保護。許未生消化這些新資訊，突然注意到所有人都盯著他瞧，等待他做出診斷。

「不好判斷，只知道是肺的問題。」他說道，這次不是心語，而是講給楊秀清聽。

「許大夫真不愧為一代名醫。」不知是不是他的錯覺，東王臉上閃過一絲驚慌。「那麼便請開處方。天國境內，什麼稀有的藥材都不是問題。」

許未生左右為難。同樣是肺病，有上百種不同的病因，也許是感染，也許是氣血經絡不順，也許有外部傷口，又也許是自然老化的過程之一，只聽咳嗽聲根本無從判別。

不僅如此，根據病人的體質是強健或衰弱、陰寒或燥熱、谷盛或氣虛等等，又有不同的用藥考量，排列組合成無數種處方。若是隨意服藥，不當的藥性與身體相沖，可能使病情惡化，適得其反。

「回東王，以現在的情況，草民實在無法用藥。」他想不出合理的托辭，最後只好承認。

「這麼說來，你治不好天王的病？」楊秀清急急說道。

「若是能近距離詳細診斷，或許——」

「別插嘴！」楊秀清斥罵，「我只問你，許大夫，你是否無法治好天王的病？」

就是你們一直阻撓才沒辦法——這反抗的念頭一浮現，許未生反向思考，立刻明白楊秀清想要的答案。東王的雙眼發光，看來並非因遠道聘請來的醫生無能而發怒，反而顯得有點迫不及待。

許未生再次跪下，將頭緊貼在冰冷的石板地上。

「草民確實無能為力。」

這話激起了一陣波瀾，幾個官員面面相覷，開始交頭接耳，年輕的靈們也感應到主人的焦慮，不安騷動起來。

楊秀清則恢復自信從容的神態，笑容中多了一份得意。

四、

「下一位。」許未生說。

他要求一間乾淨的空營房作為臨時醫館，讓他和杏兒能在此為市民看病，當然也包括那名攔路女子。至於東王堅持要給的酬金，他則分給那些廣州難民作為回家的盤纏。

無功不受祿，明明病沒治好，楊秀清卻對他如此禮遇，令他感到隱約不安。北京的皇宮裡常有無能為力的御醫被砍頭，卻沒聽過相反的情形。但他又有什麼好抱怨的呢？

他觀察病人的舌苔，同時驅散胸口的苦藤，開給他黃連和伏苓的降火方子。杏兒在一旁閉目養神，這裡很少需要她全力協助的病人——天京人的健康狀況尚稱良好，大多是寄生蟲或飲食失調一類毛病，但長期以來沒得到良好的治療。當他去醫藥營補充藥材時，發現安息散驚人地多，可見人們已經習慣治標不治本。

天色漸暗，門外傳來吆喝聲。一名軍官帶著士兵，將營房外排隊的人龍切斷，把民眾趕回館去。天京城實施宵禁，除了巡邏的軍人外，一般民眾不得在夜間外出，看病當然也沒有例外。

「你們先回去，我有話單獨和許大夫說。」那軍官說，聲音有點耳熟。

「長官，這恐怕不太合適……」

「這是命令。」

認出那聲音時，許未生幾乎高興得要跳起來。士兵離去後，林韋昌推開臨時醫館的門。

「韋昌兄！」他興奮地說，「誰能想到，我們竟會在這裡——」

林韋昌碰地一聲，膝蓋跪地。

「你……你快別這樣，有話好好說啊。」許未生慌亂地扶起他。

林韋昌站起身來，緊張地看了門口一眼。認為沒有人在偷聽後，他說：「兄弟，我今天來，只為請你救一個人。」

「兄弟」和「姊妹」是太平天國裡居民彼此的稱呼。聽到這字眼，讓許未生感到有點疏離，他差點忘記，畢竟林韋昌已經當了十多年的太平軍了。

但他仍然問道：「誰？」

「天王洪秀全。」

「我當初就是為此而來啊。」他詫異。

「你沒有救他。」林韋昌說，「你放棄了他。」

這話不完全對，但許未生也無法反駁。「你當時也在場。你不會真的相信什麼懸絲把脈之術吧？」

「這是我的不情之請。」

許未生沉默半晌。「你要我硬闖？」

「可以這麼說。」林韋昌再次低下頭。

「韋昌兄，這聽起來好像有點……不切實際。」

「當年你從來不會放棄任何一個病人。」

「我現在也還是一樣。」許未生說，為了他近乎指責的語氣有點生氣。「但是病人若不願吃藥，我不會撬開他的嘴硬塞。如果天王想要看病，就讓我們從大門走進去。」

「府內到處都是東王的人馬。」林韋昌痛苦地說，「什麼只有奴僕能進出，都是東王訂的規則。天王現在是個傀儡。」

「而你要我去救這個傀儡？」

林韋昌抬起頭來，迎向許未生的目光。在他的雙眼中，許未生看到了信念，那是天國高官們的眼中所缺乏的。

「天京的生活曾經在慢慢改善了。」他說，「有段日子，男女不用分居，人們可以回到自己的家庭，工作後也有自由的時間。最近，這些措施又被廢止了，我懷疑這都不是天王本人的意思。」

許未生思考著他的話。也許洪秀全的統治沒有他以為的糟。而且，他的確不想放棄任何一個病人。

「你不是認真的吧。」杏兒不知何時已經睜開了眼。

「我不知道，杏兒……」許未生遲疑道，「聽起來，救洪秀全一人也許能救很多人。」

「他可能在騙你。」杏兒毫不掩飾地看著林韋昌。

許未生看著林韋昌。他有多信任他？林韋昌是他的老友，但這並不代表什麼，今日他們會在此相遇，就是因為當初另一名「老友」的背叛。再說，十六年的歲月，完全足以改變一個人。

然而，許未生又有什麼好被騙的？現在他已在天京城牆內，像是甕中鱉毫無反抗之力，天國想從他身上得到什麼，來拿就是了。當然，林韋昌可能捏造天王的事蹟以說服他救人，但即使如此，救洪秀全一命也不至於有什麼害處。

除了這個行動本身的危險性之外。

「我……」許未生盤算著如何解釋他的想法。

「你已經決定了，對吧？」杏兒的心語幽幽傳來。

杏兒啊，他心想。在她面前，他總是感到無所遁形。

「你有計畫嗎？」他問林韋昌。

＊＊＊

「長官，這位是？」大門的衛兵問道。

「一個親戚的兒子。」林韋昌嚴肅地說，「剛加入軍隊，他拜託我照顧的。」

衛兵打量著許未生，盤問他的身家。他按照事先演練的，說出一個病人的資料，同時勉強阻止自己避開視線，或露出心虛的表情。最終，衛兵終於滿意了，放行他們進入。

潛入天王府的過程比他想像中容易太多。也許不該說是潛入，因為他只不過是換上太平軍的盔甲和制服，拿著一把長槍，將藥囊藏在內裡，就和林韋昌一起堂而皇之從正門通過。進了府內，穿過滿是士兵的走廊，也沒幾個人來盤問他們。

「韋昌兄，看來你在太平軍混得不錯。」他悄聲說。

「東王很信任我，否則就不會派我當寢宮守衛了。」林韋昌回答，嘴唇幾乎不動。「別說話，多注意周遭。」

許未生打起精神，觀察附近的動靜。杏兒正隱形跟在他們身後，如果有靈憑依的人經過，他們就會立刻穿幫。雖然林韋昌認為這種軍官大多都在東王府保護楊秀清，但小心駛得萬年船。

但林韋昌是對的，他們一路都沒被發現，順利得出奇——直到他們來到寢宮前的小院。

林韋昌說過，寢宮的門只有兩個人看守。他們原本的計畫就是假裝成來換班的守衛。

而現在，這道門前站著四個衛兵。

「你們兩個楞在那裡幹什麼？」其中一個士兵注意到因驚訝而停下腳步的他們，大聲喊道。

他們別無選擇，只好硬著頭皮上前。

「哦，是林隊長。傍晚不是宣布加強守備了嗎？你們怎麼兩人一組？」

真是太不巧了，許未生心想。今天傍晚林韋昌正在臨時醫館，試圖說服他把自己捲進現在的麻煩裡頭。

「石奕弄傷了腿，大規帶他去傷兵營了，因此要我們先來換班。」林韋昌面不改色地說。

「是這樣啊……」衛兵半信半疑地點頭，「那這個又是誰？」

「葉三文，是我一個親戚的兒子，今天剛加入我軍。」

「沒有這個人。」衛兵斬釘截鐵地說。

「他是今天才加入——」

「不，沒有這個人。」衛兵的表情變得警戒，「天父在上，宣布加強守備時，我清點過所有衛兵的名單。」

其他三人舉起長槍，將他們包圍在中間。冷汗流下許未生的面頰。有杏兒在，他可以單挑一般的士兵，但不可能在他們呼叫支援前一口氣打倒四人。更糟的是，他不會用手中的長槍，唯一熟悉的武器金針又放在藥囊裡。

「你究竟是誰？」士兵喝問，長槍頂上他的胸前。

毫無預警地，杏兒現身。那些士兵看到一名年輕女子倏然出現在眼前，都嚇得後退了一小步，但並沒有放下手中長槍。

林韋昌身體一晃，想要趁空隙攻擊，但被許未生按住。即使不用心語交流，他也猜到了杏兒的打算。

「我是天父的救苦使者，前來謁見天王。」他脫下頭盔，學著先前信徒的說法，用盡可能威嚴的嗓音沉聲喝道。

趁他們還搞不清楚狀況時，許未生引導杏兒的力量，集中到他們身上苦藤密集處，連根拔起。

他裝模作樣地輪流指著士兵。「你，我免除你脖子痠痛之苦。」「你，我免除你膝蓋磨損之苦。」「你，我免除你脊髓彎曲之苦。」「還有你，我免除你頭疼之苦！」

士兵們面面相覷。然後，他們摸著被指名到的部位，紛紛露出不可置信的表情。當然，只清除苦藤並不能治癒病根，但短期的止痛效果立竿見影。

「天父在上！使者啊，請原諒我的不敬。」一名士兵拋下武器，頂禮跪拜，其他三人隨即跟進。

冷汗浸濕許未生的背脊，他簡直不敢相信，有一天會被太平天國的信仰救了一命。他索性脫掉盔甲，繫上腰包，讓自己看起來更像進城時的形象。

「勿阻攔我，你們將獲得天父的賞賜。」他話一出口，四人立刻讓開。

「演得不錯。」杏兒用心語說，他聽不出有沒有戲謔的意味。

「快走吧。」林韋昌低聲說。

「不，我進去就好。」許未生說，「你去走廊看看情況，如果有人注意到這裡的騷動，你負責引開他們。」

林韋昌允諾，退向外面的走廊，一道劍影從他側面襲來。

他舉槍欲擋，但那劍太快也太鋒利，削斷了槍頭後來勢仍然不減。

林韋昌的頭朝後飛出，染紅了小院的草地。

不！許未生想大叫，卻無法出聲。殺手從牆後走出，手持染血的長劍，臉上掛著恭敬的笑意。

「闊別多時，你身體可安好？許大夫。」張濤說。

許未生沒有回答，悲痛的潮水和復仇的怒火在胸中碰撞，激起的蒸氣模糊了視線。他從藥囊中拿出金針，夾在指尖。

許未生對武術一竅不通，卻熟悉人體的經絡骨骼。在他的眼中，張濤像是針灸學徒用的銅人，每個穴位和弱點都清楚地標記出來。多年旅行經驗將他的反應磨得尖銳，與醫靈的聯繫更賦予他超乎常人的力氣。

而他的對手沒帶著土靈。張濤側舉著劍，悠哉地擦拭其上的血跡。

這麼自信？許未生想著。你會後悔的。

兩人同時出手，他心念一動，手中金針閃電刺出，直指張濤的眉心。。

然而他只刺中空氣。敵人瞬間從眼前消失，下一秒，一段染紅的劍尖從他的胸口冒出。

土靈的縮地術。他能看到隱形的靈，卻忘記土靈的絕活便是藏匿地下……其實就算他有心理準備也打不贏，醫靈本來就是救人而非傷人的力量。

「終究只是個郎中。」張濤抽出長劍，大口喘氣。

鮮血從許未生的胸口噴湧而出，他朝後倒下，感到意識迅速流失。

他這一生救過許多人，有些是身負不治之症致命之傷，其他醫生早已放棄的病人。他心想，他不可能就這樣死去。

但他聽到杏兒的哭泣聲。在他的記憶中，杏兒總是一臉平靜，似乎只有思索和微笑兩套表情。現在，杏兒卻在流淚。

血不再噴湧，但仍汩汩流出，根據他對出血量的判斷，這一劍確實刺穿了心臟。他感到苦藤在身上生根，大批亡鼠在他周遭吱吱叫著，視線變得模糊，從上方俯視的杏兒化做一團白光。

他的觸覺開始麻木，只能感到杏兒冰冷的淚滴在他的臉上。很快地，就連這最後的感覺也消逝了。

他的獵人父親相信，死亡是回到列祖列宗的廟堂。

民間的傳說裡，羅剎惡鬼會將死者拖過奈何橋，強迫他們喝下孟婆湯。

拜上帝會承諾過，天使會來迎接人類，讓他們接受天父最後的審判。

杏兒只是一笑置之。她說，人的死亡和一朵花凋謝沒有差別，都是萬象的緣起緣滅。

但許未生的眼前沒有出現祖先的身影，也沒有天國或地獄的使者。面對死亡，他只看見無垠廣闊的……

虛無。

他睜開眼睛。

五、

朝代興起後又覆滅。

城市被摧毀再重建。

戰無不勝的將領、教化萬民的賢人、權傾天下的君王，時辰到了便如蜉蝣般消逝。有些被記憶，更多的被遺忘。

借大夫們的手，我治癒了無數病人，但醫者與患者最終都離我而去。

萬物皆有盡時，延緩它的到來又有什麼意義？最後，我停止了在乎。那隻垂死的母鹿顫抖著求助時，我只需幾天的修為就能治癒，卻連一個時辰也不肯給予。

而你，只是個孩子，冒著捱餓和責打的風險，靠一點粗淺的包紮和草藥知識，瘦弱裸露的傷腿跪在雪地上，盡所有努力想救活她。

我幫助了你。

我讓你在山上頻頻受傷，給你學習醫術的動機。
我指引患者到你身邊，充實你親自問診的經驗。
我暗助你治療兩廣總督，讓你有了成為醫者的自信。
我引導你成為了能引導我的人。
萬象育我，給我治療的力量。即使只救一人，也算盡了天命。

六、

許未生想坐起來，但及時阻止了自己。背部傳來石板地的冷硬觸感，讓他知道自己並未脫離險境。沒有人將他放到病床上，他仍在倒地時的位置，天王府深處的寢宮門前。

「我昏迷了多久？」他想問道，卻發現已無法再說出心語。失去了聯繫的能量，全身的肌肉冰冷而虛浮，許未生感到自己非常脆弱。屬於凡人的脆弱。

「你，跟我去向東王回報。你，去找更多守衛。你們兩個，把屍體拖去城外埋了。」張濤的聲音傳來，「記得把頭蒙起來，千萬別讓一般民眾看到。」

他閉起眼睛，摒住呼吸。

「長官，那個人是……」

「天父使者會死在我的劍下嗎？」張濤不耐煩地說，「快處理掉這個冒牌貨。」

士兵應聲答允。張濤的腳步聲漸去漸遠。

許未生感到兩雙手分別繞到他的脖後和膝蓋下，想把他抬起來。他們的動作很慢，猶豫而遲疑，其中一人喃喃唸道：「天父啊，請指示我……」

「天父保佑你們。」他輕聲說道，雙眼大睜。

士兵震驚地鬆開了手，差點跌坐在地。當他們還在不知所措時，兩根針已分別刺在腦後。

許未生站起來，看著雙手，有點訝異他竟然能做到這種事。方才似乎有某種無形的力量，帶領他準確地同時刺中兩人穴道。

無形……卻熟悉的力量。他努力把這個念頭拋在腦後，不去思考它究竟從何而來。

他看了一眼地上的人體，那兩名士兵只是昏迷，不知何時會醒來，而且遲早會有更多人來。林韋昌的屍首靜靜躺在門邊。許未生當然沒忘記他最後的願望。

他不再猶豫，推開寢宮的門。

天王的房間大而空曠，難以稱之為儉樸，而是澈底地簡陋。除了角落一張簡單的木架床外，別無其他家具，連個木櫃子或能寫字的桌椅都沒有。床角邊疊了許多托盤和空碗，另一邊擺著幾個夜壺。

窗戶被封死了，將門關上後，唯一的光源只剩下床頭邊短短的紅色蠟燭。一個乾瘦憔悴的中年人躺在床上，每次咳嗽時，瞳孔中的光芒便像燭火般搖曳不定，彷彿一陣突風就能將他的生命吹熄。

天王洪秀全，太平天國的建立者，已經行將就木。

許未生走上前去，到離床邊只有三步之遙時，洪秀全才注意到他，勉強坐起身，發出細不可聞的嗓音。

「來者……何人？」

「草民許未生，前來醫治天王。」

「我不需要大夫！」洪秀全冷笑，卻只發出一串不連續的氣音。「楊秀清那豎子又想玩什麼花招？」

一個巨人突然出現在許未生眼前，把他嚇得連連後退。

他的皮膚是不均勻的灰綠色，彷彿整個人是以青銅鑄成，披著一身比瓦片還厚重的戰甲。他直挺挺站著，幾乎碰到天王府挑高的屋頂，手中握著一柄同樣長度驚人的寬刃古劍。但真正駭人的是，他的頭盔下看不見臉孔，只有一片深青色的渾沌暗影。許未生從來沒有看過這樣的靈。

「曾經有醫靈憑依。」靈的聲音不大，卻震得他胸腔隱隱作痛。「你真的是醫生。」

曾經。這個字眼像根黃蜂刺，扎在許未生心頭的軟肉上，他痛苦地想別過頭。但他沒有這樣做，反而直視天王的雙眼。

「不是楊秀清。」他說，「林韋昌是我在兩廣時的朋友，他犧牲自己讓我來救您。」

洪秀全也看著他，提到忠心部下的名字時，天王的眼神似乎恢復了些許神采，但意識到其死訊後又黯淡下來。

「您必須信任我，天王。洪秀全。不管人們叫您什麼，對我而言都只是一個需要救治的病人。」

兩人對視了好一陣子。許未生胸口的刺傷雖然已經癒合，衣服仍被鮮血浸透，也許正是這點，讓洪秀全相信了他是突破重圍而來的。

「韋昌啊……他是白費心思了。」他躺回床上，吃力地說，「天國完了。楊秀清得到了他想要的。」

「別再用喉嚨使力，有什麼話，就讓靈說吧。」。

「好主意。」靈的聲音嗡嗡迴盪。

他翻起病人的手腕，將兩指放到寸口上，仔細感受著脈搏。脈象微弱而略快，整體上頗為穩定，是好的兆頭。

洪秀全咳起嗽來，他將耳朵貼在他瘦骨嶙峋的胸口，在那些突出的肋骨後方，傳來有點沉重的共振聲，肺中似有液體，但痰卻不多，其中也無血絲。

「您這病多久了？有發熱嗎？」

「兩個多月。開始時發燒很嚴重，但後來慢慢退了。」洪秀全透過靈的口說。

許未生皺起眉頭。這是肺熱病的症狀，但洪秀全看來已過了最危險的階段，正在逐漸康復，何以身體卻虛弱至此？

「你明白了吧？我需要的不是大夫。」

他看向角落散亂的碗盤，就用過的餐具而言，它們看起來實在太乾淨了些。

「您都吃些什麼啊？」他震驚地問。

「每天一碗稀粥，一個饅頭。」洪秀全虛弱地說，「一開始還有點菜梗之類，後來就真的只是粥。我看再來連饅頭也要沒了。」

許末生呆坐著。肺熱病他能治，但需要時間，虛弱的身體不可能一夕就強健起來。真正的問題是，洪秀全被楊秀清軟禁在宮中，沒有楊秀清的首肯，他連飯都沒得吃，何況藥材？

「他想把您活活餓死。」

「餓死？你想得倒簡單。」洪秀全苦笑，「他不要我死。他要我活著，看著我的王國在錯誤的制度下一步步毀滅，卻無能為力。他要天下人民恨我，要歷史把我記載成昏庸無能的王。」

「您到底做了什麼，讓楊秀清恨你至此？」

「你知道他是誰嗎，大夫？」

他？洪秀全的話都是從靈口中說出來，許末生楞了一會，才明白「他」所指的正是靈本身。

他搖搖頭，不懂這有什麼關連。

「闕生是滅靈，只在天下動盪之時出現的靈。擁有他的力量，凡屬活物，俱能殺之；凡屬有情，俱能滅之。」

「您的意思是……」

「沒錯，包括靈在內。」

能殺靈的靈……「難怪天國諸王都聽命於您。」

闞生和洪秀全一同點頭。「東王楊秀清……向來都是特別反骨的那個。你聽說過他『天父上身』那一套吧？」

許未生的確知道。楊秀清還在廣州時，自稱是天父的代言人，比拜上帝會教義中稱為天父次子的天王，還要高過一階。

「他在眾人面前從一團火焰裡走出來，全身毫髮無傷，藉此獲得了不少自信徒。我那時就察覺他的野心，決定制止他。」

「他的火靈。」

「我很後悔。」滅靈的聲音沒有起伏，悲傷的神色卻在主人臉上浮現。「透過闞生的眼，我只看到一件他用來表演的工具。也許，和闞生之間充滿死亡的聯繫，使我再也無法理解人對靈的情感。」

許未生完全能理解楊秀清的心情。「但您卻讓他掌權了。」

「為了收買他們的忠誠，我給了諸王很多好處，以為黃金和女人能讓他忘掉仇恨。之後他一直很順從。」洪秀全說，「當然，那都是他的偽裝。」

「仁玕在香港學教有所成，他給我的信件中，記載了許多洋人的制度，我開始在天國不同地區分次嘗試推行。」

「但兩個月前我生了一場大病，好幾天下不了床，才發覺身邊的侍從都已經被收買替換。楊秀清假傳我的詔令，推翻新政重設舊制，天父啊，他連男女分館這套都恢復了。」

「那些居民……他們很虔誠。」許未生說，「您還是他們心中的天父次子，不是嗎？」

「但我的命令傳不到他們耳裡！我虛弱得下不了床，門外的侍衛和送餐的僕人都是楊秀清的親信。」

「不能讓靈去嗎？」

「宮裡重要的房間，都請風水師下了隔絕靈的結界，以防止竊聽和暗殺。沒有宿主的帶領，闕生連聲音都傳不出去。」

直到現在，許未生才完全醒悟，他被東王召到天京，從來就不是要治病，而是為了演一齣戲。楊秀清不想背上害死天王的罪名，於是讓諸王看到他請來了最好的醫生，是洪秀全自己拒絕治療，也符合他替洪秀全塑造出來的愚王形象。

為了讓他進入天王的寢宮，犧牲了林韋昌和杏兒。現在他終於到了這裡，才發現是徒勞無功。

「許大夫……你無須自責。」洪秀全用自己的聲音說，「自己造的業，讓我自己承擔吧。」

不，你不是自己承擔，他心想。你們兩人的鬥爭，已經傷害了許多人與靈，全天京、甚至全天國的百姓都將為此受難。

許未生突然有個瘋狂的念頭，想把洪秀全一路背出去，讓他以天王的身分，將真相攤在天京軍民面前。這實在是不太可行，府中肯定有許多只效忠東王的軍士，若看到洪秀全逃跑，可能會立刻下殺手。洪秀全的身體也太虛弱，沒有擔架不能隨便搬動。

而且，楊秀清不會坐以待斃。這個瀕臨破碎的國中之國，能經得起一場內戰嗎？

他絕望地將藥囊一股腦倒出來，想尋找有什麼立即見效的強身補藥，卻看到一件意想不到的東西。

一朵杏花。

一朵雪白的、像是剛從樹上摘取的新鮮杏花，從藥囊裡滾落出來，停在一包安息散旁邊。許未生用顫抖的手將它拾起，熟悉的香氣飄盪在空氣中。

頓時，他明白了。這是個冒險的計畫，但可能的結果比剛才那個好上太多。他必須一試。

「天王。」他湊向油盡燈枯的病人，「我有個請求。」

「什麼？」

「把命交給我。」

七、

楊秀清坐在單人轎子裡，臉上的表情半是興奮、半是惋惜。

興奮的是，他終於直接掌握天國的全部權力，不再有掩飾和虛偽。這個囊括中國四分之一人口的國度，現在成為他砧板上的一條魚，要殺要剮或任牠窒息而死，都操在他手。

惋惜的是，洪秀全沒辦法親眼見證天國的末日，看到他花畢生心血建立的國家，在清軍的鐵蹄下化為灰燼。這確實減損了幾分復仇的樂趣。

幸好，煤心她能看到。

轎子停了下來。「稟東王，天王府到了。」

他下了轎子，往府內走去，沿途的士兵向他跪拜。平時他很享受奪取本應效忠洪秀全的部下忠誠的感覺，但今天他只覺得這些人如夏夜蚊蠅一般厭煩。有這麼多雙眼睛看著，他無法表現出自己的迫不及待，只能像個王從容地步行。

剛聽到洪秀全的死訊時，他十分謹慎。洪秀全也許有容易相信別人的毛病，骨子裡還是個聰明人，會耍點詭計也不稀奇。

但兩名東王府的大夫都確認過，洪秀全沒了心跳呼吸，其中一名有醫靈憑依的也親口證實，洪秀全的滅靈已經離開了。

從大門到內室短短的路程，彷彿花了一個世紀，他終於走到寢宮門前的小院。他讓士兵們在外邊等候，獨自一人進入洪秀全最後的居所。

寢宮內光線昏暗，床頭的蠟燭一根已經熄滅，另一根也只剩指甲長的一截，火焰幾乎燒到桌面。洪秀全躺在床上，面孔死寂。

楊秀清朝床鋪走去，還有三步之遙時，左眼突然感到一陣灼熱的刺痛。

「煤心，妳很開心吧？」他喃喃自語，「我也是，煤心，我也是……我終於替妳報仇了。」

他扯下紫金紗眼罩，扔到一旁。在他本應空洞的眼窩中，赫然是一顆仍在微微燃燒的黑紅色煤球。

他居高臨下地俯視洪秀全，咯咯笑了起來。

「煤心，好好看著吧，這就是我們仇敵的死期——」

洪秀全睜大雙眼，瞳仁放出詭異的綠光，用僅存的力氣抓住了楊秀清的手腕。

楊秀清大駭，掙脫他衰弱無力的手，但傷害已經造成。從被洪秀全碰到的地方開始，他的皮膚變得灰白，像破碎的屋瓦般剝落，肌肉萎縮乾枯，一條條從骨頭上分離，本應噴灑而出的血液卻消失無蹤，空蕩蕩的血管裸露出來。

「護駕！護駕！」他驚恐吶喊。

洪秀全的滅靈出現在一旁，在地板上曳出長長的陰影。高大、陰暗、渾沌。如他殺死煤心那天一般。

「快來人護駕！」楊秀清再次喊道，但這次聲音小了不少，因為死亡的凋零已蔓延到他的胸口。

當士兵們闖進來時，剛好看到他們的東王變成一具骷髏。失去筋肉的支持，白骨隨即崩垮，頭顱摔在地上，眼窩裡的煤球滾落出來，隱隱約約散發紅光。

八、

許未生在滁河的小舟上睡了一天一夜。

他醒來時，小舟已經靠岸，背包和腰囊不知所蹤，連帶裡面的盤纏和藥材。那些身外之物他並不在意。他累得無法在意。

過去幾年，他從不需要擔心體力消耗，可以連續工作或旅行數個日夜。現在，他的身體就像其他人一樣容易疲累。他熟知骨骼經脈、精通藥學醫理，但仍然是個凡人。

幸好，他已將那朵杏花用油紙包著，揣在衣袋裡。他取出它想清洗，卻發現花瓣仍然潔白無暇，就像初春新雨後的微風般寧靜素雅，用河水洗滌反而會玷污了它。他微微一笑，重新將花包好。

許未生站起來，看向南方。從這裡望不到天京。他不知道洪秀全的病體能否撐住過量的安息散，不知道闞生是否能在正確的時間點餵宿主吃下解藥，也不知道即使一切順利，楊秀清是否會中計。

他更加不知道，他所做的一切是挽救了太平天國的命運，或是將它推向更黑暗的深淵。但他相信自己做了該做的事。希望對她而言，這就足夠了。

自天王府逃出來後，他一路北行，已過了十天。這些夜裡，他不斷夢到兒時的景象。

在那片熟悉的林子裡，他發現了一隻受傷的鹿。他拔出父親的小刀，心想全家的晚餐有了著落。然而，牠靈動的雙眼流著淚，纖細的前腿雙膝跪地，像是苦苦哀求般的姿態，深深撼動了他幼小的心靈。

在夢中，鹿的前方有一棵盛開的杏樹。

許未生下了船，往久別的故鄉踽踽獨行。

THE END

第三屆・優選
〈源起山海圖經〉

蓼莪

作者簡介／蓼莪

一九七八年出生，畢業於輔英科技大學成人護理組碩士班，是一名資深護理師。

工作中常遇見不同樣貌的人，提供許多發人省思的故事，這些故事幾乎都源自於人性，因此，對人性有著高度的好奇及興趣。

生活裡愛讀書，讀得不過癮的情況下，常會去創造並沉浸在一個全新的世界，這個世界也就少不了，工作中的所見所聞。

第一章　奇異的蟲洞

一道道金黃色的布幔，在太陽的照射下，反射出點點金光。布幔中，一個女子身影緩緩滑行而來。

女子長髮及腰，遮掩住整個身子，烏黑亮麗的髮色，與金光相互輝映之下，散發出迫人的神聖光芒。

「你帶這地球生物來做什麼？」女媧慢慢地滑行到約有自己兩、三倍高度的巨人面前，仰望著巨人。

寰宇星系，有生命的星球約莫上千顆。物種最為豐富的，莫過於這位巨人所在的神農星，既有讓女媧必需仰望的巨人，也有讓她只能俯視的侏儒。

寰宇星系中的生命，因為靈氣的存在，都能不停的進化並延長壽命，每一種生物的生命周期，最短為數萬年，最長甚至達到數千萬年。

生命的延長，使得資源需求不斷地上升。星球與星球間，常常因為資源的問題爆發戰爭。

幸好，每數萬年，寰宇星系便可發現一道蟲洞，讓他們可以朝向不同的星系，探索尋找資源，使星系內的戰爭，不至於發展到無法控制的地步。

女媧目前所處的地球，便是經由寰宇星系的一個蟲洞發現的。

這個通往地球的蟲洞，極為特殊，更是前所未見。因為，這個蟲洞的開口，在地球的重力範圍內。或者可以說，這個蟲洞的開口位在地球之中。

她們對蟲洞的認知，都是黑洞與黑洞之間的通道，只會存在星系之間。所以，這個蟲洞引起了，寰宇星系一陣嘩然，最後在無法得解答的情況不了了之。

這個蟲洞的產生使地球資源的探堪變得極為容易。而探堪結果，只有女媧所在的伏羲星、大巨人所在的神農星及另一顆軒轅星的生物對地球的資源需求性最高。經過十多萬年的採集，三個星球的物種，基本上也達成共識，各自劃分出自己的地域，自行採集所需的資源，井水不犯河水。

所以，做為伏羲星在地球的最高負責人女媧，才會在神農星的巨人一踩過界，便現身查看，沒想到巨人竟丟了一隻地球生物到她面前。

「妳們伏羲星的人不是對靈力最為敏感，難道還看不出這小東西的奇怪？」大巨人緩緩坐到地上，一臉得意的看著女媧。

女媧臉上露出疑惑，放出靈氣探查那小生物的身體。

靈根!?女媧掩不住震驚，將小生物一手抓起，立即感受到小生物的恐懼。

說牠是小生物，一點也不為過。因為，牠的身形高度不到女媧的一半，卻是成年體。

女媧讓靈力帶著一絲的善意，緩緩地釋放到小生物體內，在一旁的巨人看得眼紅不已，嘟囔著：「女媧大人在這種鬼地方，這麼浪費靈力會不會太奢侈了點。還不如送給我吸收……」

「真是靈根⁉竟然還是只要有大量的靈氣沖擊，就可以開啟的靈根！」女媧沒理會巨人的埋怨，專注地看著懷裡的小東西睡去，腦子裡顯得有些混亂：「這種生物每一個都這樣嗎？還是只有……牠？」

地球還真是處處透露許多怪異。以往他們所遇過的生物，如果沒有靈力的滋養，幾乎都非常弱小，身體力量受到極大的局限不說，生命周期更短到不可思議。

然而，族人剛到地球時，就發現身體力量極為強大的生物。雖然，這種生物的生命周期很短，一個世代不到百年，但體內毫無靈力的牠們，仍是給探險隊帶來了傷亡。

更令他們錯愕的是，這個在地球原生數萬年的強大物種，卻在他們到來之後，傳承不到二個世代便滅絕了。雖然，還是有許多更加豐富的生命型態在地球不斷產生。但是，他們都很清楚，因為靈力，地球環境不斷的在改變。

最顯著的一點，便是原來無法設置的聚靈陣，在數十年前突破限制，開始可以設置。

聚靈陣為什麼能發揮功效？所聚的靈氣又從何而來？這些問題她們都還沒有任何解答，她們只能確定靈力濃度明顯上升，使得地球上的氣體持續不斷的轉變。

因為，地球還是一個很年輕的星球，年輕星球的變化本來就極大。所以，她無法確定這樣的變化是好是壞。

沒想到，她都還沒搞清楚地球的靈氣來源之時，這個星球竟然自行孕育出有靈根的生物。

「這種族群，不止牠有靈根，不過，應該也不是全部都有！要不是看他們身邊聚了一堆靈氣，我……」巨人將發現地球原生種的始末，詳細告訴女媧，講完之後話題一轉：「要我說，這個星球，還真是麻煩，咱們三個星球待了幾十萬年，能過來的人數勉強百人。資源採集的進度，更是慢到可以直接放棄這顆星球了，偏偏這星球又有我們極為需要的稀有礦物。所以，如果能讓這種生物開靈根，讓他們進化到能幫我們挖礦，對他們對我們來說都極為有利！」

「你們⁉軒轅人也知道這件事？」女媧提出自己的疑惑。

「嘿嘿！」巨人尷尬的一笑：「沒辦法，你們伏羲有點難溝通！」

「那你還來？」女媧一笑，視線一直沒離開那個小生物。

他們伏羲星的立場，堅決反對干涉物種進化，甚至因此跟寰宇星系幾個星球發生過戰爭。這也是巨人說他們難溝通的原因。

「誰叫這裡只有你們會滋養靈根，而且滋養靈根，應該不算干涉物種進化吧！你們不也常常幫體質較差的後代滋養靈根！」巨人打著哈哈，想避開話題的嚴肅性。

「地球原本沒有靈氣的……」女媧輕輕地一嘆，難以斷決。

她伸手出來輕撫著眼前的小東西，感受到靈氣不斷朝牠聚集而來，又快速消失。才發現小東西吸收靈力的速度極快，在寰宇星系恐怕都很少有族群能比得上。

何況，小東西靈根還未開啟，靈力的吸收，根本是被動為之！

「你們伏羲的昆吾存量，應該在危險邊緣了吧！我看你們那些長老一個個，都被派到邊界去了，我倒好奇……」巨人沒有接話，反倒語重心長地看著女媧。

女媧舉起手來制止巨人，表示談話結束，將小東西抱進懷裡，轉身離開：「三十年後給你答覆！」

「好！爽快！」巨人一聲大笑，大手朝腿上用力一拍，站了起來轉身離去。

因為，三十年對於他們而言，不過分秒之間。

將小東西安置好，女媧離開山中的密林，滑行到一處寬闊的草地，草地中心排列著八顆如同女媧一般大小的巨石，女媧滑行到石群中間，雙手隱隱泛起黃光，八顆巨石緩緩飄起往八方散去，並發出一道訊息。

「說吧！女媧！」天地間一道低沉渾厚的聲音響起。

「太昊大人！神農星夸父帶來了一個協議……」女媧恭敬地說出與巨人對談的詳細經過。

「所以妳讓探查機搜集此物種，以便觀察，再行決斷？也好，三十年雖然短，卻是此物種的一個世代！謹記，絕不可干涉物種進化的原則。」

「女媧不敢忘記！」女媧低下頭。

此時，朝八方分散的巨石群逐一回歸原位，每一顆回歸原位的巨石，便閃出一道白色光圈，光圈一消失，十多個跟巨人夸父帶來的小東西一樣的生物，出現在女媧面前，緊緊靠在一起，八顆巨石歸位完畢，百多個這樣的生物，聚集在這巨石圈裡。

女媧閉上雙眼逐一檢視他們的身體，眉頭微皺，竟然全都有靈根，雖然八、九成以上的生物，靈根是若有似無，極為微弱，若繼續以靈力滋養……千年萬年有開啟靈根的可能性。不，不對這種生物對靈力的吸收能力，應該不需千年才對。但是，靈根不開，這種生物頂多生存三十多年……

不行，太亂了，她得靜下心來好好想想。

女媧掃過所有小生物一眼，這個地方的溫度、濕氣等各方面的環境條件，都很適合這種小生物生長繁殖，看來不需要她做任何事。

女媧回到滿是布幔的居所，那小東西還沉沉地睡著，本想讓小東西回歸族群，送他到巨石圈那裡。

沒想到，小東西竟然開始在用自身的靈氣衝擊靈根了！能成功嗎？

女媧決定將小東西留下來。反正，她的居所附近生長著小東西需要的食物，小東西的生存應該不會有什麼大問題。

生活又回復到以往的日子，除了緊盯昆吾的採集以外，還要注意那些小生物靈根的發展。

不過，也不知道是該失望還是心安，那上百個小生物的靈根，幾乎沒什麼變化。女媧還設置聚靈陣在小生物的聚落，雖然，有十多個小生物的靈根明顯茁壯，仍是不足以在有生之年開啟靈根。或許將他們帶到寰宇星系，在靈氣充沛的環境之下，還有些許機會，只是，她還真想不到寰宇星系有哪一顆星球，適合這些小生物生活。

「媽媽，痛！媽媽，痛！」

第二章　新物種——人類

靈氣傳訊⁉是誰⁉

女媧腦子瞬間出現小東西的身影，隨即被她否決掉，她將靈氣迅速地往四方散發而去。

真的是小東西⁉怎麼可能⁉

只見，數頭像狼的巨獸圍著小東西，一隻接著一隻不斷地跳上去攻擊小東西。小東西東躲西避，雖然，有時回擊巨獸一、兩下，全身卻已傷痕疊疊。

女媧也查覺到，小東西會有能力抵抗這群巨獸，是小東西的靈根已開。雖她不知道小東西的靈根是怎麼開的，什麼時候開的？最讓女媧感到驚恐的是，小東西周圍的靈氣，瘋狂的聚集又瘋狂的消失，這樣吸收靈氣的速度，不但是她前所未見，更是難以想像，這個小東西的身體真能受得了嗎？

有靈氣的支撐，女媧知道牠沒有生命危險。女媧直接探查牠的身體，發現小東西的身體內部的活動力極高，已經達到體能極限，但靈力運用最頻繁卻是在控制身體主要器官——腦。

小東西的腦部活動，裡面的訊息傳遞，快到連女媧都有些難以掌控，再這樣下去小東西一定失控，只會依照本能行事毫無自主意識可言！

女媧壓下心中的震撼，她那一頭長髮像活過來一樣，快速地往小東西方向延伸約莫十多里長，數十根髮尾散開一一擊中十多隻的巨獸，巨獸往後彈飛五，六公尺，驚嚇逃離，長髮一捲將小東西捲起來，並隔絕小東西身旁的所有靈氣。

牠不能再繼續吸收靈氣了！否則，一定會瘋狂後而暴亡。

竟能吸收靈氣，吸收到可能暴亡⁉這是什麼概念，寰宇星系裡絕對無人肯信。

要他們親眼見到小東西吸收靈氣的速度，一定會想盡辨法從小東西身上，尋找快速吸取靈氣的祕密。

女媧苦笑地看著懷中的小東西，手撫著牠的額頭，觀察牠們也快二十年了，自然清楚靈力該如何引導，對牠們的身體最為有利，故而出手幫小東西疏導體內的靈氣，沒想到小東西倒也聰明，她僅引導一次，就能自己控制靈力疏導。

只是，該答應夸父嗎？他們應該不知道，小東西驚人的吸收靈力速度，要是知道了，這些小東西還有好日子過嗎？

不答應嗎？好像也沒什麼理由不答應，小東西既能自行開啟靈根，就算牠的天資在群體裡得天獨厚，但不用幾個世代，牠們的族群一定也會出現許多跟牠一樣，能自行開啟靈根的個體，她們出手不過是幫這個族群的進化，提早了幾個世代而已，不違反她們的原則。

何況，依這族群靈氣的吸收能力，其進化速度，絕對不需千年的時間，便能協助他們採集昆吾。

「媽媽！開心！」小東西吸收完靈氣後，抱著女媧的手磨蹭著，專注地看著女媧。

女媧露出笑容，看著小東西以靈力傳訊，表達著一些簡單的感覺……

女媧對小東西搖搖頭指著自己的嘴巴：「女媧！」

小東西學著女媧嘴巴的動作：「裡啊！」

女媧輕輕地點點頭，也不急著糾正小東西，倒是專注地看著小東西，全身上下到臉都是毛絨絨的，只有四肢掌底露出肥厚的肌肉，平時活動都靠著四肢奔跑跳躍，但是，在被巨獸圍攻時，卻利用上肢進行防衛跟攻擊，活動全靠下肢，看起來跟巨人夸父的型體有些相像，只不過一個極為巨大，一個較為矮小。

「人類！」女媧指指小東西，再度發出聲音，想想又指了指小東西：「人類，堯！」

「人類，堯！」小東西指指自己，學著女媧的發聲，沒一會兒更手舞足蹈，一直大叫著：「人類，堯！人類，堯！」

女媧點點頭，微笑地看著堯，是該下決定了！

女媧朝天空望去，一道氣息瞬間衝上高空，分裂成二道氣息各自散去，氣息裡含帶著訊息，訊息內容為：敬邀黃帝大人、炎帝大人於蟲洞口一晤。

黃帝，軒轅星在地球的負責人；炎帝，神農星在地球的負責人。

「堯！去你族群跟你的族人在待在一起吧！」女媧再度用長髮捲起堯，將堯送到巨石群附近，發現堯又開始在吸收空氣中極為微薄的靈氣，女媧出手阻擋堯對靈氣的吸收：「不行！靈氣……太多了，要消化再吸收，不可以太多。」

女媧傳達完訊息，便讓堯離開，並滑行到一座聚靈陣之中。

「太昊大人！」女媧以靈氣傳訊呼喚著伏羲星星主。

「說！」少昊傳來簡潔地回應。

「原生種的靈根滋養可行，與神農、軒轅的約定需求為何？」女媧也不拖泥帶水。

「貳負殞落，獨佔昆吾。」

女媧一怔，完全沒想到母星的情勢危及至此。

伏羲星的長老身負保護母星的重責大任。所以，皆是武力最強的高手。貳負更是十位長老之首。

當初，發現通往地球的怪異蟲洞時，也是貳負獨自一人前來探索並一舉發現昆吾，直到確認地球環境安定之後，才陸續派人前來主持地球的所有事務，足以證明貳負的能力。或者說，在伏羲星根本不可能有任何事物，有能力讓貳負喪命。

除非，貳負憑一己之力硬抗瘴毒。會到這種地步，只有一種可能，母星昆吾的存量，不足以吸收障毒，邊界的防線更是退無可退，為了眾多的子民，貳負才會選擇犧牲自己，力抗瘴毒。

女媧立即趕赴蟲洞口，同時也是地球上靈氣最充足之地。

貳負的犧牲，應能抵擋障毒千年，而人類的進化大概也約略千年，她不能再耽擱了。

峰峰巍峨，高聳入雲端，覆蓋著純白的雪色，閃爍著銀白的光芒，凜冽的寒風，一道道如刀鋒般清晰可見，直如千山鳥飛絕，萬徑人蹤滅般不見生機。

然而，再往山群靠近，隱約出現一點綠意，越是接近，綠意的範圍漸漸變大，竟是一片森林綠地，草木茂密，無數野花怒放，往上一探，許多大樹上都有著疊疊果實，沒幾步路便出現潺潺山澗，微風輕彿竟帶著些許暖意，加上雲霧繚繞直如仙境一般。

「女媧大人，三十年之約未到就得到妳訊息，應該是好消息吧！」一名人面牛身的男子緩緩從林中走來，他的頭上左右兩側各有一個犄角。

半空中的女媧不敢托大，朝男子飛去，微微行禮：「炎帝大人，好久不見！」

寰宇星系，星球間雖然各自為政，但隱隱以神農星為主。凡是其他星系的探索，如有神農星的參與，也幾乎都選擇神農星的人作為仲裁者。因此，女媧不敢托大。

「每每看到這裡的環境，總讓我有回到寰宇星系的錯覺，我從沒見過哪個星球的環境，會被靈氣帶動，生出這麼大的變化。只可惜，蟲洞總有消失的一天，不然，在此定居也是不錯的選擇。」炎帝環顧的四周微微一嘆，雙眼直視的女媧：「我們來地球也十多萬年了，地球資源的採集卻不到十分一，若因蟲洞消失不得不退出地球，留下這麼多珍貴的資源豈不可惜，加快人類的進化，也是相信他們能給我們不小的助力。不過，對您提出這樣的要求，也真是令您為難了。」

「不敢！」女媧沒有表態。

「走吧！」炎帝點點頭一笑，轉過身去：「別讓黃帝大人等我們太久了！」

半點口風都不透，看來伏羲星的條件有點硬啊！

兩人蜿蜒地深入大樹密布的林子裡。走出林區，四座浮在半空中的圓錐體出現在眼前，以圓錐體為範圍的空間，佈滿了肉眼可見的繽紛色彩，呈現出柔和令人通體舒暢的光芒。

圓錐體裡有個模糊的身影看不清形體，只見那形體澎脹起來，變得更加混圓，朝炎帝及女媧方向飛來。

「黃帝大人！」女媧禮貌性地行個禮。

三個星球裡，就軒轅人最無法適應地球的環境，在地球上的活動都需依靠防護衣，只有在這個主聚靈陣裡，才能將防護衣脫下。也因此，主聚靈陣雖是由三個星球共同修築，但主要的使用者，多是軒轅人。

即便如此，在資源採集的速度上，軒轅人速度卻遠遠比她們跟神農人還要快上許多，也因此使她要提的兩個條件，受到影響最大，會是軒轅人。

「協助人類滋養靈根一事可行，我已上報少昊大人，我方條件就兩項，一是地球產出資源，我族只取昆吾，昆吾也皆需歸屬我族，二是我族移居此地。」

炎帝、黃帝兩人神色凝重的對望一眼，其實，女媧會提出何種要求，他們大致心理有底。

第二點不用說，想要滋養靈根就必需在靈氣濃厚的地方，而地球上靈氣最濃厚的地方，就屬這個蟲洞口。

比較有問題是第一點，昆吾雖然對軒轅星跟神農星而言，不像伏羲星那般重要，但也是稀少且重要的資源之一，地球又是少見盛產昆吾的星球。

然而，照女媧的口氣聽來，幾乎沒有商量的餘地。但是，要讓他們為了加速採集的速度，就要放棄昆吾，未免可笑。
除非，女媧認為地球原生物，她口中的人類，還有另外的價值？

第三章　族人

巨石群四周的樹林裡，可以看到許多跟堯一樣的人類，四、五成群的聚在一起活動著，這些人類有大有小，以巨石為中心，放眼看去，遠遠超過三百個之多。

堯好奇地看著其中一群……「人類」。

雖然印象很模糊，但他確定在很久以前，他也是跟著一群「人類」生活在一起的，那時候的他，就只知道餓了吃，累了睡，冷了就跟其他「人類」靠在一起，感覺很迷濛，好像在夢裡。

堯很思念！

堯走到那群「人類」附近，所有的「人類」看了他一眼後，各自做著各自的事。

堯忍不住上跳下竄，極為興奮，他已經太久沒有跟自己的同類接觸過了。

「堯！堯！是朋友，同類！同類朋友！」堯指著自己，開心地向族人自我介紹。

卻沒有一個「人類」搭理他，甚至有人推他一下，似乎在趕他離開。

堯失落地退了幾步，他看著族人的一舉一動，知道族人所有的行為舉動，都是毫無知覺的，因為，以前的他也是如此。他變得跟族人不一樣了，為什麼？

他從什麼時候開始思考，會去看這個世界，還想跟族人接觸的？想這些有什麼用處嗎？

堯往另一方的樹林走去，不停地回想以往的生活。他知道是自己變了。他以前從沒想過任何事情，他現在卻會去想很多事、很多東西，他覺得好混亂，不知道該怎麼辦？如果，有族人都能跟他一樣就好了，他至少還有訴說的對像。

就在他想狠狠的拍打自己頭的同時，發現了兩個很特別的族人，身體周圍環繞著淡淡的靈氣，就是女媧媽媽不許他再吸收的靈氣。

對了！就是靈氣！

堯帶著忐忑不安的心情，慢慢接近兩個族人，滿懷期待地喊：「朋友」

那兩個族人懶洋洋地望了他一眼，眼底帶著一絲疑惑，身上的靈氣也隨之散去。

「不！不行，吸！快吸！」堯著急地直撓著的頭，更不顧女媧的警告，快速吸收靈氣，只希望這兩個族人能學著自己，然後變得跟自己一樣。

或許是，堯急躁的樣子，引起這兩個人的誤會，竟對他大聲咆哮後，直接攻擊他。

堯不明所以的進行防衛，沒多久攻擊他的兩個人，似乎是感覺到了疲憊，且堯只是防衛並未攻擊他們，他們放棄攻擊，打算離堯遠一點。

堯卻在此時反擊這兩人。因為，他想到了，他會發生變化，就是被巨獸群攻擊時發生的事。

他要朋友，好想好想要朋友，他不想再孤孤單單的一個人了。

堯不停地攻擊兩個族人，不給他們任何休息的時間，兩個族人累得奄奄一息，直到其中一個再也無法進行抵抗之時，堯才發現不對勁，立即停止攻擊，前去查看，兩個族人都已倒在地上沒有反應。

原來，已經一個昏迷一個死亡，但堯分不出來，他一手抱著一個族人，一直搖頭：「啊！啊！朋友不行，不行！女媧媽媽！女媧媽媽！幫幫！」

堯大哭出聲，都是因為他的關係，朋友可能沒有了。不過，女媧一直都沒有出現，他靜靜地坐了好一會。

堯知道只能靠自己了，去找了一些食物、抓了幾隻小動物放在一旁，其他人見到那一堆食物，想要過來拿，卻又因為堯身上散發出一股兇氣，不敢靠近。

堯試著吸引靈氣圍繞著，那兩個不知死活的族人，他還替這兩個人取了名字，一個叫姜嫄一個叫湪，可惜的是，湪已經死了。

不知道，堯的方法真的有用，還是姜嫄身體夠好，過了一天之後，湪開始發臭，堯只好將湪丟到一旁去，再轉身回來時，姜嫄慢慢轉醒。

堯歡喜直盯著姜嫄，姜嫄睜開眼一看到堯，驚懼地竄跳起來，四肢朝地採取防衛的姿勢：「惡魔！走開！惡魔！走開！」

靈力傳訊！是靈力傳訊。

姜嫄會靈力傳訊了，堯高興到不停地跳著，把收集來的食物推到姜嫄面前：「吃！吃！」

「朋友！堯！」堯指著自己，一字一字地慢慢說，又指著姜嫄：「說說，人類！姜嫄！」

姜嫄戒備地看著堯，又望向四周的景色，好像有些東西不一樣了！到底是怎麼回事!?

姜嫄看著眼前，原本一直攻擊著她，卻又突然變得很和善的同族。她感覺得到，她心中的所有問題，這同族似乎可以解開。

「堯？姜嫄？」姜嫄慢慢地放下戒備，張開嘴巴發出聲音，卻又不停地搖著頭。

「吃！妳吃！再吸，吸靈氣！」堯拿一個果實給姜嫄，隨即吸引靈氣到自己的四周，希望姜嫄能學他。

在戰鬥的時候，堯就發現這裡的靈氣，比女媧媽媽那裡少很多，他要找好久，才能找到一點點靈氣。

堯看著姜嫄吃下果實，開始也感到肚子餓，傻笑看著姜嫄，跟著姜嫄一起吃著東西，突然，卻傳來其他族人慌亂的叫喊。

堯放下食物，四隻腳快速躍動，朝喊叫聲趕去，發現半空中有顆巨大的石頭，每當巨大的石頭發出白光時，就會有一個族人不見踪影，族人們只能驚恐地不停的閃躲。

堯生氣了，真的非常的生氣，雖然，族人跟自己不一樣，卻也是跟他一樣的族人！他快速地聚集靈氣，整個人用後側肢體站立，奮力往上一躍，攻擊帶走族人的巨石。

姜嫄跟隨在他身後而來，也非常非常不喜歡巨石，學著堯的方法進行攻擊。

可惜，他們的攻擊，對巨石絲毫無損，巨石持續地又發出十多道白光，才往高空飛去。堯跟姜嫄兩人只能氣喘噓噓地看著巨石離開，再看看剩下的族人，竟然全都是幼兒。

有幾個已能自行活動的幼兒，歪著頭直望著巨石離去的方向，完全不知道發生什麼事了。

「沒有，爸爸媽媽了！」姜嫄難過地抱著其中一個幼兒。

堯氣得用上肢直捶打的地面。

「堯，會痛！」姜嫄掉下淚水，上前抓住他。

堯才停下來，發現好幾個幼兒頻頻發出哀鳴，看向姜嫄：「姜嫄留下，吃的我去！」，並使用下肢迅速地往樹林深處跑去。

堯一走，姜嫄便呆坐在地上抱著頭。今天，對姜嫄而言實在太混亂了。

而且，她的身體有點不舒服，一直想再吸收更多的靈氣，只是都吸不到。她想去找靈氣，但是好多的小寶寶，她不想丟下他們。

沒想到，堯回來時帶回來的，不僅只有食物，還有好多個同族的幼兒，等到堯不再離開，跟著所有孩子一起吃東西時，他們身旁已經被四十多個幼兒圍繞。

姜嫄想辨法餵食幾個較小，還需要母乳的幼兒，她依稀記得，自己以前也曾經這樣抱著幾個孩子，後來孩子大了離開她的懷抱，她發現一個很舒服的地方，因此脫離了群體。

她還記得那個地方，她現知道她會覺得舒服的原因，應該就是堯所說的靈氣。

「靈氣，很多！走！」姜嫄推推堯的肩膀，示意他跟著自己走。

「一起！」堯指著一群還不太能自己走的幼兒，讓姜嫄去揹著四個，自己也站起來抱著五個，並朝其他能走幼兒，一聲吼叫，那些能走的幼兒，全都乖乖的跟上他們。

跟姜嫄到達目的地之後，便感受到這附近的靈氣，果然比其他地方還要多，只是對這麼一大群孩子來說，還是遠遠不夠。

堯不想再讓今天的事情再發生了，他知道只有讓族人，都變得跟自己一樣，今天的事才能夠避免。

他讓姜嫄去狩獵找食物，自己坐下來靜靜地觀察著這群孩子，發現孩子裡，只有三個人會吸收靈氣，其他的孩子似乎都感覺不到靈氣的存在。

堯將其他的孩子，驅趕到靈氣較少的外圍，只留下這三個孩子，並將之取名為驩兜、倏、忽。除了為三個孩子提供足夠的食物之外，更在他們成年後，不斷地對他們施以嚴苛的訓練。

第四章　入魔

姜嫄躲在大樹後，擔心地看著受到巨獸攻擊的三個孩子，想要出手幫忙，又顧忌身旁的堯，心情複雜地看了堯一眼。

她知道堯，急於讓三個孩子，能跟他們兩個一樣『改變』的心情跟想法，卻很難接受堯選擇用這麼激烈的手段。那些巨獸連自己都難以對付了，何況是這三個孩子。

她知道『改變』是好事，卻不值得以生命為代價來交換。

看著其中一個孩子的背部，被巨獸抓出一道足以致命的傷口，姜嫄再也忍不住，大叫一聲：

「會死的！」立即拿起身旁她早已準備好，前端削尖的樹枝，往巨獸丟擲。

堯沒有阻止姜嫄，只是無奈地朝被樹枝擲中臉部的巨獸過去，受傷巨獸的行為更為瘋狂躁動，堯經過數次閃躲，才將三個孩子救回姜嫄身邊，將受傷的倏揹到背上，五人慢慢走回家。

又失敗了！堯難掩失落地看著三個孩子，姜嫄用舌頭舔著倏背部的傷口，整理出舒適草床，讓他們三人能好好休息。

當初，堯跟姜嫄帶回來的孩子，全部都能獨立生活了。

堯則全部的精力，都放在這三個孩子身上，甚至為了三個孩子去狩獵更兇猛的巨獸。可以讓堯充滿活力，延緩老化的靈氣，為了多留一點給孩子，堯更只在受傷時，才吸取療傷。

「不難過！孩子活著就好！」姜嫄笨拙地從背後抱住堯：「你很好，想孩子好，我知道！可是，孩子沒有不好！」

「孩子可以更好！」堯握著姜嫄的手，轉過身來面對姜嫄，雙眼裡有掩不住的哀傷。

「你很努力！很努力了！不要難過！」姜嫄只能無力地安慰著堯。

「只有我們兩個……妳怪我嗎？」堯深吸口氣，看著這個陪伴自己多年的人。

是啊！孩子沒有不好，是他一直以『為了孩子好』為藉口，想要更多人跟自己一樣，卻沒想過，別人願不願意跟他一樣。

姜嫄要不是因為他，也會跟這些孩子一樣的『無憂無慮』吧！

姜嫄正視著堯，並加重語氣：「姜嫄……很喜歡現在這樣！」

堯看看已經長大的孩子，又看看姜嫄，下定決心地點點頭：「休息吧！吸取靈氣，離開，我們一起看世界！」

姜嫄有些錯愕：「可是，孩子們……」

「孩子沒有不好！妳說的！」堯露出難得的微笑。

他有同伴，一直都有同伴，從來就不是單獨一個人。而且，這個世界這麼大，他想跟同伴一起去看看。

姜嫄望著孩子們，除了放不下心還有些害怕。但是，看著堯堅定不移的眼神，她漸漸安下心來。

堯是她見過最厲害的人，有堯陪著，她沒什麼好怕的。

於是，堯依著記憶帶著姜嫄，花了大半年的時間，找到了女媧那滿是布幔的居住地，只是女媧似乎早就不住在此處。

姜嫄抓著布幔不斷的輕撫著，滿心歡喜，她這輩子從沒見過這麼美的東西。只不過，堯沒讓她觀賞多久，直催促著她吸取靈氣。

堯有感覺，他跟姜嫄如果不好好吸收靈氣的話，他們倆的生命將接近終點。

可是，女媧的居所裡面，有許多閃閃發亮美麗的物品，常會干擾姜嫄吸收靈力。堯見姜嫄的身體明顯變得更有活力，不再干涉姜源對靈力的吸取。而且，他也隱隱發覺靈力的吸收必須有所限制，不然會發生不好的事情。

他們倆便以女媧居所為家，有時，堯會帶著姜嫄或獨自出去探險個大半年再回來。

沒幾年的光陰，兩個的外形發生極大的變化，首先是兩人身上的毛髮，由四肢到軀幹不斷地在掉落，姜嫄毛髮掉落的情形比堯還嚴重。

兩個人都開始以下肢行走，上肢則發展出拿、拉、推、舉、抬等各項能力，手指更加靈巧。而且，還可以配合腦海裡的想法，做出小巧的物品。

對這些變化，堯的感覺更是明顯。

他開始會目不轉睛盯著姜嫄，擔心姜嫄受傷不舒服，突然喜歡親近姜嫄，也不再獨自外出探險，每次都要徵求姜嫄陪同。

他變得喜歡撫摸姜嫄，當他發現姜嫄似乎不討厭，還很享受時，他更是感到雀躍。他發現他對姜嫄升起一股難以控制的慾望，他卻不排斥這股慾望，姜嫄也迎合著他的慾望，沒多久姜嫄懷孕了。

堯開始要求姜嫄每天固定時間吸收靈氣，不可少也不可多，小心翼翼地守護姜嫄，靜待孩子的出生。

沒多久，孩子出生了，整個生產過程讓堯膽戰心驚，幸好，姜嫄跟孩子都平安的挺過去。

抱著剛出生的嬰兒，堯想起了一直被他深深期待的驩兜、倏、忽。

堯發現沒經過『改變』的同族，壽命幾乎都很短，只怕驩兜、倏、忽也很有可能已經不在這個世界了。

正當，堯還在考慮著是不是去看看那群孩子的時候，他的孩子突然大哭起來，並開始瘋狂的吸收靈氣。

堯立即以靈氣探視孩子的身體，這孩子竟然直接在沖擊靈根，堯難掩狂喜，隨即靜下心來一陣思索。

他將孩子交給姜嫄，丟下一句：「我們必需離開這裡！」人便不見踪影，直接去收拾要帶走的東西。

姜嫄壓下心中的錯愕，安撫著孩子。因為，堯的意思，好像不打算再回來這個美麗又舒服的地方了！

沒一會兒，堯將整理好的東西都揹在身上，緊張地看著孩子問：「還沒好嗎？好了，我們就馬上走！」

姜嫄一臉莫名奇妙。

「孩子正在改變，妳沒發現嗎？」

姜嫄一直遵守，堯對吸取靈力的時間規定，加上孩子生下來沒多久，也沒想過孩子會不會跟自己不一樣的問題，堯這一問，姜嫄才以靈氣探視孩子的身體。

「孩子全身都是靈氣了……」姜嫄一臉呆滯。

他們沒改變前，靈氣的吸收僅聚集在身體的某一個點，只有在改變後，才會全身都可以吸收使用靈氣。

堯一臉震驚，立即搶過孩子轉身便跑：「靈氣太多，孩子不會控制！我先走，妳慢慢跟上！」

姜嫄不生氣也不擔心，她知道堯會將孩子帶到哪裡等她，也清楚靈氣太多對身體會有危害，堯已經對她講過太多次了。

堯還是決定回去看看巨石群的那些孩子。除了想知道孩子們的情況，也是因為，在那裡他們很容易就能控制，丹朱吸收靈氣的量。

沒想到，沒到巨石群，就看到跟他們現在，一模一樣的同族在打鬥，而驩兜也在一旁幫其中一個攻擊另外一個。

驩兜『改變』了⁉堯還來不及深思，立即加入戰鬥。

因為，他發現被驩兜攻擊的人極為瘋狂，似乎完全喪失人性，使得驩兜跟另一人的合力，都顯得有些吃力。

戰局在堯的加入後，瘋狂的人，立即處於下風，被三人制伏在地上，在另一個人給他重重一擊後，失去意識停止掙扎。

「我是嚳！天神黃帝大人之子，請問您是？」嚳制伏了同伴之後，掩不住驚奇地打量著堯跟姜嫄。

服侍在黃帝大人身邊的嚳非常清楚，人類要衝破靈根並再次進化，若不依靠天神們的力量，及提供的靈氣，幾乎是不可能的事。

也使他認為，只有天神們的身邊，才會有進化過的人類，他們這些進化的人，通通都是天神選中的天神之子。

沒想到，會在這裡遇到兩個，他完全不認識，且進化過的人類。難道，還有他不知道的天神的存在!?

不，不可能！竟然還有一個幼兒，還是進化過的幼兒!?嚳驚異地瞪視著丹朱。

「堯，我的女人姜源，我的孩子丹朱！」堯發現嚳的異樣，向前擋住嚳的目光，一臉戒備，指指被制伏的人：「他是誰，怎麼回事？」

「他是東，被邪魔控制，才會發狂！我們的天神還再尋找治療的方法，我得把東帶回去，讓天神試試能不能救他，倒是對這位朋友感到很抱歉！」嚳壓下心中所有的驚奇及疑問，輕撫著驩兜的肩膀。

堯才發現驩兜的肩膀處有個傷口。而嚳摸著驩兜的手，隱隱散出靈力，直接打入驩兜的傷口處，驩兜的傷口竟快速的癒合了。

「朋友、堯，還有姜嫄跟丹朱！如果你們的天神不介意的話，我想邀請你們跟我一起到天神黃帝的居所，身為同類，我很希望能跟你們多多交流！」嚳誠摯地道。

雖然，東的入魔，很可能讓他直接失去一個朋友。但是，現在又有三個，不，還很可能是一位天神所帶領的部族，出現在他面前，還是讓他極為欣喜。

像他們一樣的人，實在太少了，三位天神處加起來不過上百人，還幾乎每天都會有人，因為邪魔的關係，入魔死去，使得每多一位朋友對他們而言，都是極為珍貴的事。

更何況，還有進化過的新生兒。不就表示，自己若有後代，一出生就能跟自己一樣。這個發現，讓他更是興奮不已！

第五章　天神

「林氣⁉靈氣⁉」驩兜驚奇地看著自己傷口，用盡全身力氣大吼出聲。

礐捎起地上的伙伴，望向驩兜：「你還不會講話？那你應該也還沒名字吧！我回去請黃帝大人給你賜名可好？」，難怪剛在戰鬥時，驩兜對他的問題幾乎沒有反應。

「驩兜！他叫驩兜。」堯有點不悅，神情放柔看著驩兜：「驩兜！你還記得我嗎？」。

自己親自帶大的孩子，由他人隨便改名，令堯覺得不舒服。

驩兜看向堯，堯叫出的名字，他很熟悉，他遲疑地慢慢靠近堯，聞著堯跟姜嫄身上的氣味。

「爸爸⁉媽媽⁉」驩兜滿臉疑惑，氣味沒錯，卻都不一樣了？

「只有你？倏、忽呢？也跟你一樣嗎？」姜嫄再也忍不住欣喜地抱著驩兜問道。

驩兜本想避開，卻因為聽到倏、忽，而遲疑了一下，掙脫姜嫄的擁抱：「倏、忽，一樣⁉倏、忽跟驩兜都一樣！爸爸媽媽……找不到！一直找不到！」

驩兜一臉不諒解地看著堯跟姜嫄。

「爸爸媽媽……這位朋友也是您們的孩子？」礐不自主地對堯兩人用上敬稱。礐是一個部落的族長，部落裡靈根未開，靈根剛開和進化過的三種人類都有，自然對三種的人類的情況皆極為熟悉。

驩兜雖然剛開靈根，卻看得出來，在驩兜未開靈根之前，處於垂老瀕死的狀態，這樣的驩兜卻僅僅是堯跟姜嫄的孩子，堯跟姜嫄絕對比自己年長。

堯朝著礐點點頭，直接看向驩兜：「因為，你們不需要我們了！倏、忽呢？」

「靈……靈靈氣少！他們……危險，我離開……」驩兜努力地開口表達。

對於堯，他心中還是有股深深的敬畏，故而對堯問話，用盡全力回答。

堯皺著眉頭，無法理解靈氣少怎麼會跟危險有什麼關係？

「這麼聽來，你們應該是老化到垂危，才成功沖擊靈根的！」礐雖揹著一個人，卻仍輕鬆走上前審視著驩兜，向堯解釋道：「靈根沖擊成功當下，身體並不會有太大的變化，通常還需要靈氣還修補身體，老化的身體，對靈氣的需求很高，這位朋友也只是停止老化，想要再恢復活力，還需要大量的靈氣才行。你們的天神，難道沒為你們提供大量的靈氣嗎？」

堯回想自己跟姜嫄『改變』之後的事，發現的確跟礐說得一樣，原來，會產生改變是因為沖擊靈根嗎？只不過，礐口口聲聲的天神到底是？

「什麼天神？我們沒有天神？」

「怎麼可能……」礐不敢置信，好一會兒才吶吶地開口：「那您們的靈氣怎麼來的？怎麼有辦法衝破靈根？甚至進化……吾部族，我所認識的所有人，都要靠女媧大人培育靈根，其他天神們來挑選我們，為我們提供充足的靈氣，還教導我們許多知識跟能力……我們才得以進化啊……沒有天神提供的靈氣，怎麼可能⁉」

女媧大人⁉是女媧媽媽嗎？

堯胸口一滯，越聽疑惑更多。不過，倏、忽的安危更加重要，他只好先壓下所有的疑惑：「所以嚳朋友有靈氣充足的地方？能請嚳朋友跟我們去找倏、忽，再帶他們三人去靈氣充足的地方嗎？」

嚳發現堯的語病：「堯、姜嫄、丹朱不去？」。

對嚳而言，堯一家三口，才是他最想請到的客人。

「靈氣太多，丹朱無法控制，危險！」

堯讓驩兜往前帶路，自己則帶著姜嫄跟兒子，跟在身後，往倏、忽的方向而去。

嚳卻因為堯的回答停下腳步！

靈氣太多，危險⁉他本想駁斥堯的理由，卻隱約抓到一絲模糊的想法，感覺跟許多族人的入魔有關，族人們會入魔，真是被邪魔控制嗎？如果不是，天神們為什麼要這麼說？

靈氣太多……靈氣太多……⁉

嚳揹著東的手用力一縮，在東入魔之前，東對於靈氣的吸取，似乎從沒停止過。他自己也曾經因為受傷，瘋狂的吸取靈氣，直到產生一股狂燥感時，卻被黃帝大人給阻止了……

嚳有些呆滯地跟在堯他們的身後，他想問堯靈氣太多會有何危險，卻不知道為什麼遲遲不敢開口。

嚳跟著堯他們走到巨石陣附近後，便發現這裡是某位天神的通訊處，沒多久便見兩個靈根已開的人類，處在一個小聚靈陣裡，這些東西雖然不知道哪是位天神所留下，也算解開堯他們為什麼能開靈根，卻會不知道天神存在的謎底。

發現堯擔心的表情，嚳開口解釋：「放心吧！他們兩個看起來已經停上老化，暫時不會有生命危險了！只不過，想要恢復活力，還要更多的靈氣才行。從這裡到我們部落，只要一天的時候，他兩個應該支撐得住才對。」

驩兜難掩渴望著看著倏、忽不停地吸收靈氣，卻不敢進入聚靈陣，只怕自己會忍不住吸收靈氣，使倏、忽少一絲生存的機會。

堯將驩兜的表現，全看在眼裡：「驩兜，還能走嗎？等等我揹倏，你揹忽，我們快速趕去嚳朋友的部落。姜嫄妳帶著丹朱在這裡等我，我盡快回來。」

「放心吧！」姜嫄對堯溫柔地一笑：「好好照顧倏、忽他們。」

嚳不說二話，直接在前頭引路。只不過，越接近目的地，嚳只覺得揹上的東，變得更加沉重，想起以前入魔的同伴們，交給黃帝大人之後，便一個個連屍體都不見了……

嚳甩甩頭，不願意多想，天神們那麼厲害，又為他們打造聚靈陣，開啟靈根，他們能做的回報卻是那麼的微薄，一點都不值得為少數幾個入魔的人，去懷疑天神大人。

他們在半路上，還被獸群襲擊兩次，驩兜閃避不及受了傷，而嚳的靈氣又不足以幫驩兜療傷，便被堯揹起來，而倏、忽則被放下來自行行走。

但倏、忽的體力實在不佳，原本一天的路，他們走了快三天才走到。期間，東甚至清醒過來瘋狂傷人，費了嚳跟堯好大一番力氣，才將東制伏。

嚳發現眾人的路程無法加快，擔心東安危會有影響，只好對堯指出部落方向，自己先將東帶回黃帝大人那裡。

一路上雖然經過驩兜他們這輩子，都還未曾見過的洪湖大澤、崇山峻嶺，都無法壓下他們的疲倦，引起他們的好奇心，讓他們多看幾眼。

直到那一步之差，便襲來的暖和氣息，迎面籠罩著驩兜全身，驩兜感覺到全身的毛孔瞬間全開，一股無窮無盡的力量，在他的身體裡流竄，為他驅走身體負擔已久的沈重及疲憊感，更帶來令人舒暢的活力，讓他重新活了過來，他再也忍不住，貪婪地瘋狂的吸取這些暖和的氣流。

堯雖然對如此充沛的靈氣感到震驚，但他更擔心驩兜三人毫無節制的吸收靈氣，會帶來不好的影響。在探視他們三個的身體後，發現靈氣一被吸收到體內便馬上被消化掉，這才安心。

堯環顧四周一圈，雲霧繚繞，林木蓊鬱，堯也忍不住靜下心來吸取靈氣，一道精純的氣息快速流竄全身，完全不需要任何的引導，就會直接到達需要的地方，然後便是無窮無盡的活力充滿全身。

堯努力克制住吸取靈氣的慾望，並試著以自己的靈力，阻隔驩兜三人繼續吸取靈力，靈氣散出，引導多次卻無法如願。又顧及本跟姜嫄說好的日子已逾期多日，再不回去，姜嫄會擔心！

堯只好以靈氣傳訊的方式，在驩兜三人的腦海裡說：『吸收靈氣謹慎，切勿過多，易有危險！』。

訊息留完，正打算要走之時，腦海卻突然傳來一道渾厚低沉的聲音：『你就是女媧大人的那個孩子——堯⁉神農大人發現你時，你應該才十多歲。現在，也該二百多歲了吧！我是這個大聚靈陣的建造者黃帝，願意跟我見上一面嗎？』

突然如來的訊息，震得堯整個人都懞了，瞬間自己從小到大的所有記憶，通通重回腦海，強行帶走他恐怖巨人，女媧媽媽對他的愛護……

就在堯茫然不知所措的時候，嚳出現在他面前。

「堯大人！黃帝大人因為身體的關係，無法離開聚靈陣中心，您願意跟我一起去見見黃帝大人嗎？」嚳難掩激動。

因為，不管以年齡或是靈根開啟的時間來看，堯絕對算上是新人類的始祖。而且，人類這個名稱，還是女媧大人，為了堯所賜下的。

堯內心掙扎了了一會兒，對於過往他實在有太多的疑問了，才點點頭跟著嚳，前去拜訪天神黃帝大人。

一見到黃帝，不！該說一見到靈氣海！

第六章　恐怖的事實

堯從沒想過，靈氣竟然可以濃厚到這種程度。

往前而去的天地，全然被一片似藍似黃的光影籠罩著，從那片天地而來每一道徐徐微風，無不衝擊著堯的四肢百骸，讓他忍不住一聲長嘯。

光影所佔的面積不大，一個成人的十多步便可跨出光影的範圍，光影中有一巨大黃色圓形物體。也是這個圓形物體，讓他止住了衝進那片靈力海的慾望。

「堯，土高，高聳而突出。」由黃色圓形物體處，傳來剛剛在堯腦海中，一樣的聲音：「是女媧大人告訴你的吧！靈氣太多對人類有害。」

在一旁嚳聞言，只覺得自己的脖子似乎被人用力掐住，心驚膽跳。

堯壓下詢問女媧下落的念頭，規規矩矩地回道：「是！女媧媽媽不讓我吸收太多靈氣，說會……不好！」

眼前的黃帝長得很奇怪，不像是生物，卻都有一股令人不敢忽視的威儀。

「沒錯，你們人類吸收的靈氣過多，很容易神智不清，進而發狂入魔。」

嚳再也忍不住，擅抖著嗓音：「為什麼您都不說……」

「我的族人需要靈氣，生命才能夠存續。然而，跟人類不同的是，即使處於靈氣極為充沛之地，我族人想要吸收足夠的靈氣，仍然是極為不易。大部分的族人，大多數的時間，幾乎都處於睡眠狀態，只為了增加靈氣的吸收，減少靈氣的消耗。所以，人類的出現，讓我們感到極為驚喜，驚訝於你們對靈氣吸收的速度，不但足以供應身體所需，更可拿來大量使用；喜的是，如果能找到你們快速吸收靈氣的原因，那我族人的問題，說不定也能得到改善。」

嚳咬緊牙根，再問一次：「為什麼您都不說……？」

「嚳！」黃帝一聲輕喚，奇異地撫平了嚳所有的激憤：「因為，我們無法確定入魔對人類而言是好是壞。」

「怎麼可能，東他們明明變得這麼可怕？」嚳不解。

「入魔之後的人類，雖然失去各種求生的本能，變狂暴兇殘。卻是一種瘋狂的吸收及釋放靈力的表現。而且，這些人的身體，也同時在快速地變得更有力量。雖然，以目前來看，入魔的人類對身體失去了控制權，但是，其進化卻沒有停止，入魔的人類有沒有辦法進化到取回身體的控制權，也是我們一直在觀望的。」

「那也可以告訴我們入魔的原因啊！」嚳仍祈求一個解釋。

「為什麼？」黃帝傳來不解。

他知道嚳情緒不穩，卻不太能理解原因，甚至為此查探了嚳的身體，結果一切正常。他隱約猜測到，嚳的緒情不穩，可能來自於他隱瞞了人類入魔的原因。但是，他都解釋過隱瞞的原因了，嚳為何仍是無法平靜!?

「為什麼!?」嚳茫然地重複問句，不懂黃帝大人在問什麼事情。

「你們人類對我們有用處，引起我們的興趣，所以，我們出手幫你們加速進化的過程。我們想要瞭解，你們能快速吸收靈氣的原因，觀察入魔的人類也是很重要的方法。」黃帝將話講清楚：「我們雖隱瞞你們入魔的原因，卻也沒使用任何方法，加速你們的入魔。嚳我不懂你為什麼會生氣？」。

嚳對他們而言，是很有用的人類，在短短十多年間便發現了兩個昆吾的富礦，黃帝不想失去這個好幫手。

堯看著啞口無言的嚳，卻想到了自己。就如同當初女媧媽媽對自己說的，她不是媽媽是女媧，堯本來不懂，現在卻似乎懂了，這些對他們很好的天神，從來就不是因為他們本身，而對他們好。

嚳沉默不言好一會兒，才一臉挫敗地問：「那現在，為什麼又告訴我？」

「嚳我們彼此互惠良多，也希望能一直保持下去！」黃帝知道嚳對於彼此的關係仍有疑惑，只能略盡心力解釋一遍，頓了頓才沉重地回答：「會現在跟你坦誠是因為，我的族人們發現對你們極為不利的事，我們無法阻止，只能對族人的行為設限，並向你們提出警告。」

堯跟嚳對望一眼，屏住氣息，生怕會漏掉一個字。連天神都無法阻止的事，他們怎能不慎重以待。

「我族人們若以人類為食，可以吸收到我們難以想像的靈氣量。這個發現，對我的族人而言極為有利，所以，我們無力阻攔。只能根據物種保護的規矩，來限定我的族人，只能獵殺入魔的人類。然而，我的族人裡，並非所有人都能遵守規矩。」

堯、嚳兩人懵了，倒不是因為人類被當成食物。在這個大自然裡，常常不是野獸們成為他們的佳肴，便是他們成為野獸們的美食。就算開啟靈根的堯，也曾因為一次跟巨獸的搏鬥中，被巨獸狠狠地咬掉，好大一口大腿上的肉。

然而，對面巨獸的威脅，他們還有能力可以抵抗、反擊，甚至讓巨獸成為口中的美食。但是，對於天神們的獵捕……

堯對於天神女媧的能力，到現在還是記憶深刻，更沒想過女媧如果變成敵人，他該如何應對。即使現在，女媧會變成敵人的情形可能存在，但反抗這個選項，他甚至連想都沒想到。

嚳更不用說，幾乎是黃帝一手教養帶大的，除去情感依賴的因素，光是他親眼所見，黃帝那深不可測的能力，更讓嚳無法升起一絲絲的反抗。

這樣的一群存在，竟將他們視之為美味佳肴，怎麼可能不懵？

「你們都一樣……強大嗎？」不知過了多久，堯才艱難地問出這一句話。

「想要從我們的家鄉來到地球，體能上有著極大的限制！而這個限制，就算是在你們入魔之後，體能得到快速的強化，也都難以抵抗。」

面對黃帝的答案，堯忍不住吞了吞口水，猛抽一口氣，任由一股深深的絕望感猛烈襲來。

也就是說，他們生存的唯一契機，只能期望天神們能遵守規矩嗎？

嚳更是在腦海一一回想，自己所見過的天神，才發現除了女媧大人一族、黃帝大人跟炎帝大人，對他們較為和藹外，其他的幾乎不將他們放在眼裡，尤其是一種形體極為巨大的天神，對他們更是毫不客氣。

「又死光了！這群他媽的人類，也未免太弱小了！」巨人夸父手裡拿著一根巨大的棒子，恨恨地揮了好幾下。

另一個跟他身形差不多大的壯漢眉頭一皺：「連入魔的那個也死了！」

「別提了！一進到蟲洞，連個渣都不剩，早知我一口把他吃了，還划算些！」夸父難掩心疼：「我就搞不懂了，這麼弱小、對生存環境又這麼挑剔的生物，怎麼有辦法吸取這麼多靈氣，放在身體裡啊？」

「人類移種計畫暫時終止！還是先想辦法，在地球上多設置幾個聚靈陣，人類這種生物的生殖能力很強，只要聚靈陣夠多，我們想要多少食物不怕沒有！」壯漢一聲嗤笑。

「這個……我怕炎帝大人那不好交代！」夸父為難地抓抓頭。

「我們又沒違反法規，只吃入魔的人類，需要對炎帝交代什麼？」壯漢不屑地睨了夸父一眼。

「是是是，您蚩尤大人最行得端、坐得正，完全可以不用理會炎帝大人。不過，先說好！我提供聚靈陣的材料，你那裡產出的入魔人類，我要十分之一的量！」夸父不以為意，直接開出自己的價碼。

蚩尤閉上雙眼，略一思索，搖搖頭：「每十年一個！不要也不用談了！」

「這麼硬？」一向好脾氣的夸父，忍不住皺著眉，看到蚩尤不退讓的眼神：「那聚靈陣的材料，我也只能盡力了！」

夸父話一完，便不悅地拂袖離去。

蚩尤沒出口挽留，思緒反倒跳到另一處去。目前，待在地球上只有伏羲、軒轅及他們神農的人，這人類的事一旦被發現，肯定會引來其他星球的人瘋狂爭搶。只不過這消息，三個星球的人不管是什麼立場，相信都會盡全力遮掩，只是再怎麼嚴防資訊，終究還是會傳播開來。

嗯，一千年，他應該會有一千年的時間，在這一千年裡，要盡快找出將人類移種到神農星的方法，不然也得努力將地球上的人類，掌握在自己手裡。相信神農星在寰宇星系，很快就會由仲裁者變成真正的領袖。

要將地球的人類掌控住也很簡單，只要有足夠的聚靈陣就行了……

第七章　天神的企圖

堯神色凝重地聽著子孫們，報告著發現了幾個聚靈陣，而聚靈陣處有幾個天神把守。

此時，距離他見到黃帝時間又過了百年，他也感覺到自己的身體，如果沒有大量且更為精純的靈氣，那他離開這世界的日子也即將到來了。

這百年間，他跟姜嫄生下三十多個孩子，一出生便開靈根有七人，而那些沒開靈根的在豐沛的靈氣滋養，再加上他夫妻倆的協助，也全都開啟靈根。

但是，其他人的後代，即使有豐沛的靈氣，能開啟靈根的人，十個裡面頂多一、兩個。

或許是生孩子對身體的耗損極大，姜嫄在十多年前便已離世。

雖然，圍繞在自己身旁的子孫不下百人，卻都無法壓下姜嫄離世後，帶給他的孤獨感。所以，他很期待死亡的到來。要不是這群子孫們，他現在應該是早晚守在姜嫄的墓地旁邊，伴姜嫄的屍骨渡過餘生。

「老父，天神們設置聚靈陣，對我們而言，只有好沒有壞。而且，這幾十年下來，他們也只帶走那些入魔人。何況，您也不是沒試過，那群入魔人根本是澈底沒救了。而且，入魔人帶來的只有破壞及毀滅，天神肯收拾他們，根本是大快人心的事！」早已兒孫成群的朱丹，忍耐到所有人匯報完，便再也忍不住跳出來。

他只差沒指責堯，為什麼要為那群不成器的入魔者，跟對他們好且至高無上的天神作對。而且，要是哪天讓天神們發火了，他們怎麼可能承受得起天神的雷霆之怒。

「我說怎麼做，就怎麼做！」堯淡淡地看了丹朱一眼，不想跟丹朱爭論。

丹朱的這個問題，已經跟他爭執幾十年了。問題點就在於丹朱，或者說大部分的族人，都不將入魔人，當作自己的族人。

他們都不認為，這些人會入魔是因為靈氣太多，全都歸咎於入魔者，意志不堅才會害人又害己。甚至還會希望，天神設置更多的聚靈陣，好讓所有的後代都能開啟靈根。

事實上，這百年來人類的生活，並沒有因為入魔的人數上升而變得更糟糕，反倒是越來越好，同類更是越來越多。

這一切看來，天神對人類的影響，完全只有好，沒有壞。

部落裡的族人，個個都對天神們非常的崇拜，視天神們比父母還重要，除了天神的能力極為強大以外，還以為天神對他們都是無私的付出，全然不能接受天神的這些幫助，僅僅只是彼此互惠良多。

「老父！」簡狄鼓起勇氣站出來，一臉難掩的憤怒：「就算那些入魔人，是天神的有心引誘的！可是，天神可未曾逼迫那些人，去吸收靈氣吸到入魔！會入魔根本是他們自己的選擇……」

堯直視著這個最像姜嫄，同時也最聽話的女兒。她的孩子幾天前，被部落裡一個入魔人給殺了！也難怪她，會開始反對自己的做法。

他往下掃視一圈，看得出來，他們都不想再為了入魔的人，去新興的部落，散佈對天神們不利的消息，卻也是最為真實的事情。

幾個曾被堯關押住入魔人的臉，一個一個閃過堯的腦海，每一個都是那麼的兇惡瘋狂。但他們原來也都很正常，有著自己的父母家庭。要不是，天神們提供的靈氣，他腦海裡的臉孔，一定可以少掉不少吧！

「隨你們吧！」堯失落地擺擺手，便離開這處簡陋廣大的石洞。

未來的日子，終究是孩子們自己要過的！

走出石洞，朝四周廣大的原野看了一遍，周圍有許多凸起的小洞口，都是這幾年才一個一個被挖出來當作居所。

狩獵時的武器也多了好幾樣，但被死於獸群攻擊的人還是不少，也因此，近年來飼養小獸的人變多了。

這一切的變化也不過是短短百年間的事，人類生活的轉變快到讓堯覺得，似乎只要閉個眼再睜開，日子又會變得不一樣了。

他剛開啟靈根的時候，帶著姜嫄跟驩兜三人，都是隨意找個舒服一點的草堆或樹幹就能休息，連遮風避雨的地方都沒有。

看來，人類的未來只要不足以威脅天神們，似乎也沒什麼好擔心……

邊走邊沉浸在自己思緒裡的堯，猛然停了下來，環顧四周，確定自己早已遠離聚靈陣的範圍了。然而，這充沛的靈氣是怎麼一回事，已經有天神離他們如此之近的地方，又設置聚靈陣了嗎？可是，剛剛孩子們的匯報裡，怎麼完全沒提到？

堯快速往四周移動，試圖找尋聚靈陣的陣點，卻沒有絲毫的發現。

這幾年，因為身體的快速老化，需要大量的靈氣修補，他幾乎都沒離開過巨石堆附近的小聚靈陣。要不是心灰意冷，他也不會走出聚靈陣，是什麼時候開始，聚靈陣以外的地方，也有這麼多的靈氣了？

「于兒!?」女媧簡直不敢相信自己的眼睛。

少昊大人最小的孩子－于兒，她印象裡絕對不足千歲，怎麼……怎麼可能來到地球。

「我很厲害吧！」于兒一雙靈動的眼睛，興奮直盯著女媧，一臉誇獎我！誇獎我的神情。

「少昊大人知道你來地球嗎？」女媧放出感知查探于兒的身體。

蟲洞中的壓力驚人，肉體沒有一定的強度，通過蟲洞根本就是在自殺。要能夠探索蟲洞，她們族人的身體標準，至少都接近上萬歲，才能達得到。即便如此，每次的探索，受不了巨大壓力死在蟲洞的人，仍是時有所聞。

于兒這麼一個不到千歲的孩子，怎麼可能安然通過前來地球的蟲洞，還沒任何損傷？

于兒吐吐舌頭，一臉不以為然地道：「真搞不懂你們在大驚小怪什麼？經過蟲洞是有些不舒服，不過，蟲洞裡靈氣那麼濃厚，怎麼可能會有什麼危險？」

「蟲洞靈氣濃厚!?」怎麼可能!?女媧又是一個錯愕。

她忽然想到，百年來因為入魔的人類，可以提供大量靈氣這件事，前來地球的族人急劇增加。之前，她一直專注在昆吾產量的事，現在想想，百年來，來到地球的族人好像已經超過百人了。

女媧猛抽一口氣，心驚不已直責怪自己，怎麼會疏忽了這麼一個嚴重異常的現象。

伏羲星有能力通過蟲洞的高手僅數百人，其中就有上百人被派駐到其他星系探索。而且，因為靈氣吸收的關係，就算是能通過蟲洞的高手，每千年中也有三、四百年的時間，必需處於睡眠狀態。就算是女媧，如果沒進食入魔的人類，大概也只能再活動個二百多年，便得進入睡眠狀態，以修復身體。

在這種情形之下，伏羲星真正能前來地球的人，根本不可能到達百人，唯一的原因，也只有能通過蟲洞的人變多了，在族人能力不變的情況下，什麼狀況才能使通過蟲洞的人變多呢……

女媧靜下心來吸取靈氣，慢慢地將靈氣包覆全身，瞬地往蟲洞而去。

一進到蟲洞，她原先預想的巨大壓力，變得微不足道。雖然，天地間的景色，仍然只有各式各樣氣體氣流不規則流動痕跡，這些氣流變極為平和，不在有迫人的壓力，氣流中還包含著大量的靈氣。

女媧一點一滴的散去身上的靈氣，馬上發現她可以毫無壓力，在此處直接吸取靈氣……要有多少的靈氣填進這蟲洞之中，她才能吸收得到啊⁉女媧不敢繼續深思，因為靈氣的來源只可能是寰宇星系。而且，蟲洞似乎變得……穩定了⁉

穩定的蟲洞⁉一陣陣的暈眩感不停地朝女媧襲來。她立即返回地球，蟲洞的異狀，必需馬上回報。

沒想到一聲叫喚傳來：「女媧大人！」

「黃帝大人⁉」女媧簡直不敢相信自己的眼睛，今天到底什麼日子……

在半空中隱約可見一道無形且不規則的影子，軒轅星——黃帝的分體⁉那豈不是表示……

「您……您可以在地球上自由活動了！」女媧一個字一個字緩緩地問道。

「嗯！主聚靈陣裡的靈氣濃度幾乎跟寰宇星系差不多了，我剛剛才試著脫下防護衣，活動完全無礙。」無形的影子，緩緩飄移到女媧面前：「地球靈氣的濃度，這幾百年來上升得很快，就連蟲洞裡都有著豐沛的靈氣，雖然，很難相信，但我們觀察蟲洞三年，得出一致的結論，蟲洞……穩定了，應該不會自行消失了！炎帝大人已趕回神農星，上報此事。」

「確……確定了嗎？」女媧吶吶地開口。

被派駐在各星球的負責人，主要的工作除了資源的探勘，還有一個重任——監測蟲洞的變化。因為，蟲洞的開啟需要極大的能量支撐，有些蟲洞甚至開啟不到一年的時間，便自行消失。如果無法在蟲洞消失前回到寰宇星系，想再回到寰宇星系的機率幾乎為零，在這種情況之下，星球派出的整個探險隊，也將失陷在另一個星系。

女媧輕忽出一口氣，難掩挫敗，滿臉慚愧：「我有數十年沒注意蟲洞的事了！要不是吾星主之女，未滿千歲的于兒來到地球，我都還不知道蟲洞的異變，更別說要確認了。」

「什麼⁉」黃帝一聲驚呼，瞬間消失無踪。

女媧知道黃帝應該是回到本體。

軒轅星的人，身體的組成結構九成以上是靈氣，可以說是由純靈氣孕育出來的生命。使得黃帝的外形，會因為觀看者的意念產生變化。他也可以同時有數個分身，在不同地點活動，只是分身越多，體能也會跟著被削弱。幸而他們只要意念一動，分身便可立即召回。黃帝應該是想親自去蟲洞一探，才會召回分身以回復體能。

沒一會兒無形的身影再度出現，不敢置信地道：「我在蟲洞裡了！」。

女媧給予一個苦笑，很能理解黃帝的心情。每次穿越蟲洞，對他們而言便是一次的生死考驗。很難想像他們現在竟能在蟲洞裡慢慢閒逛，甚至吸收靈氣。

連個孩子都能輕易通過的蟲洞，再加上人類的存在，地球只怕難以平靜了。

第八章　人類的末日

「抓住他！」

「都瘋了嗎？」

「怎麼會這樣？怎麼會突然間，這麼多人入魔？」

堯看著一團混亂的部落，此起彼落的哀嚎哭叫。這些日子來，幾乎都有人入魔，入魔後即使是自己最親密的人，也不管不顧的下手殺害。

部落裡早就開始人心惶惶了，現在，竟然一下子就出現三個入魔的人。堯知道這一切皆源於越來越精純的靈氣，這些靈氣再繼續提升，只怕部落裡大半的人，都逃不了入魔的命運。

「入魔人通通處死，屍體就地掩埋，不許交給天神！」堯壓下心痛及不忍，堅定地發出命令。

「老父!?」丹朱不敢置信自己看著堯。

這次的入魔人中，其中一個便是丹朱的妻子，不交給天神，他沒意見。但立即處死……

丹朱看著昏倒在自己懷裡的妻子，這個陪伴他五十多年，還跟他一起生了十多個孩子的女人，不就只是不小心吸了太多的靈氣而已嗎？這樣就沒救，就放棄了嗎？老父不是一向對入魔人最關心的嗎？

「我們不能再讓天神因為入魔人，得到任何好處了！」堯走近丹朱，高舉的手在半空中抖動個不停。

丹朱懷中的女人，何嘗不是對他照顧周到的媳婦……

「啊！」堯一聲怒吼，將手朝自己的媳婦頭頂重重一擊，瞬間使她五孔出血。

「老父！老父!?」丹朱一道淒厲的吼叫，整個人腿軟地坐倒在地上，緊緊抱著妻子的屍體，哀涕不已。

周圍的族人看到這一幕，惴惴不安的退了幾步，家裡有入魔人的，更是不斷地發出悲鳴。

直到現在，大家稍微理解，當初他們如此尊敬的老父，為什麼會對那些入魔人那麼維護，因為，這些人通通都是自己的親人啊！

「現在不是心軟的時候！」堯以嚴厲的視線掃過一個個族人：「如果再讓天神，得到這些入魔人，那麼將來的入魔人，只會越來越多。」

堯話一說完，不等眾人反應，便轉身離開。

他們部族入魔人不斷增加，相信嚳那裡一定也好不到哪裡去。

而且，嚳那裡有一位黃帝大人在，女媧大人那裡太遠了，堯不想浪費急迫的時間，選擇直接去找嚳，除了瞭解其他部落裡入魔人的情形有多嚴重外，他也想直接質問黃帝大人。

沒想到，一到礜的部落，正要接近之時，他突然被人摀住嘴巴，抓到大樹後面，躲藏起來！

「噓！別出聲！」

原來，摀住堯嘴巴的人是礜，只見礜神情緊張地示意，堯往前看去。

竟然有兩個體形極為巨大的天神，不停地抓捕人類，那些人類還都不是入魔人。

「怎麼回事⁉」堯極力壓低自己的聲音。

「我不知道？」礜臉上難掩驚恐：「這兩個巨大的天神，突然出現後，就不斷抓捕我部落的人，我出面詢問，請他們住手，部落好些人甚至跪下來求他們，但他們完全不理不顧？」

礜說了這麼多，卻沒說出他最想問的兩件事：黃帝大人知道嗎？也允許嗎？

「黃帝大人不知道嗎？」堯問道。

礜深吸口氣，緩緩回道：「我無法確定！」

「走，去找黃帝大人，這兩個天神不是我們能對付的！不管黃帝知不知道，我們都得試一試！」堯直接抓住礜的手，朝黃帝所在的主聚靈陣而去。

礜只能地跟著。因為如堯所言，不向黃帝大人求救，他也不知道可以請誰救命了。

一到大聚靈陣，見到模糊的身影，堯還沒停下腳步便發出怒吼：「黃帝大人！為什麼有天神，在抓捕正常的人類⁉」

倆人停下腳步喘過氣後，抬頭好好地看著大聚靈陣的黃帝時，皆錯愕不已，因為眼前出現的不是他們所熟悉的黃帝身影。而是一條像蛇，卻比蛇更加強壯威嚴，全身散發金黃光芒的身影，但礜卻明確的知道，這個身影就是黃帝。

「黃帝大人您⁉」礜吶吶無言。

「抓捕人類⁉」奇異的金蛇，傳來跟黃帝一樣的低沉聲音。

只見金蛇的形體一個晃動，一道金色的光芒，往村落的方向竄去。

「礜回部落去，去按撫你的族人，事情結束之後，回來找我！」

堯、礜無法理解整個狀況，但還是聽從地返回部落。

一回到部落，只見一隻跟大聚靈陣裡，一模一樣的金蛇對上了其中一個巨大天神。另一個巨大天神跟所有族人們皆不見蹤影。

「蚩尤，為何在軒轅之地放肆？莫非想挑起戰爭？」黃帝分身以著極嚴厲的口吻怒斥。

神農星上的物種極為多元，其中的巨人族更是以脾氣暴躁、自私、護短聞名於寰宇星系。如今，在炎帝未回歸地球的情形之下，只怕難以有人可以壓下這些巨人族的行為，黃帝只好採取強勢的態度與其硬碰硬。

蚩尤回過頭，淡然一笑，走向前朝黃帝分身行禮，並拿出一個袋子：「這袋碧玉跟紫石，還請笑納，算是我們巨人族恭喜黃帝大人真身可在地球顯現。」

黃帝沒有任何動作，等待著蚩尤的回答。

蚩尤乾脆地將袋子丟到地上，笑道：「東西我就放在您的屬地，要不要拿，隨黃帝大人您的意思！本來應該先拜訪黃帝大人的，誰知道您剛好不在地球上！不過，我想您應該不會拒絕我的提議，所以我就直接動手抓人了！」

黃帝仍是沒有回話，但身上散出的壓力不斷增加，一旁的堯，譽都要苦苦支撐，才能不跪下來。

「黃帝大人！我記得沒錯的話，您應該在六百年多前就來到地球了吧！六百多年的清醒時間，還能釋放出如此強大的壓力，那些入魔人應該對您的幫助不少吧！」蚩尤卻似乎毫無感覺，話題一轉臉上出現些許不屑：「通往地球的蟲洞出現異狀，依炎帝那一族的謹慎，只要寰宇星系有個什麼異狀，一定都會歸咎到這個蟲洞來，那這人類我們可就再也見不到了！黃帝大人我想以靈氣為主體的你們，對這些人類的需要應該比我們更高吧……！」

「短視且自以為是的巨人，滾！」黃帝口中噴出一股強大的氣流。

氣流雖不足以強勁到吹動蚩尤，但氣流中所夾帶的冰寒之氣，卻讓蚩尤不得不躲開，右臂卻仍是被凍結，疼痛不已。

「立即釋回吾地所有人類，保你右手！」黃帝更加不客氣地道。

該死的老怪物，蚩尤難掩憤怒地瞪視著黃帝，也只能憤憤然地離開，能主持一個星球探索的老怪物，他態度或許可以不敬，卻絕不可輕易招惹。

而蚩尤離去之後，黃帝的分身也隨即消失不見，譽堯發現原本消失不見的族人們一一出現，前去安撫族人後。兩人遵照黃帝的交代，一同回到大聚靈陣。

「譽、堯！我、跟你們口中的所有天神，皆來自於離你們星空很遙遠的地方。最近，我們發現我們的故鄉跟你們的星球彼此間，產生了一些影響。這個影響，會導致你我都無法接受的後果。所以，吾族已決議全面撤離地球……」

天神們全都要離開!?堯、礜不由得對視一眼，頓感五味雜陳，說不出是歡喜、難過、不捨、還是擔心或害怕……

「但是，吾族裡有人不願放棄入魔人……或者該說你們人類，所帶來的好處。因此，你們目前的處境極為危險。我跟女媧大人不希望，你們因我們的盟友而滅亡，然而我們的能力有限，只能在某些區域才能提供我們的保護……礜、堯去向你們的同類告知這個消息吧！如何處理，你們自己決定……」

第九章　瘋狂增加的靈氣

伏羲星主－少昊收到女媧的通報，立即下令探查星球裡的異象，才驚覺自從地球入類培育計畫展開之後，昆吾的使用量不斷增加，只不過，因為昆吾的採集也同時倍數成長，一直沒發現這個問題，雖然還不確定兩者的相關性為何，但問題來自於地球，是無庸置疑的。

也因此伏羲星主立即下了讓通往地球的蟲洞消失的決定；在此同時寰宇星系的許多邊緣星球，陸續發出靈氣嚴重流失的求救，也促使神農星同意關閉地球蟲洞，並召回在地球上的所有人員的決定。

只是，從來就是自行消散的蟲洞，該如何關閉？

「少昊大人，昆吾存量告危！」

少昊看著兩名族人著急的表情，回想到女媧的回報，人類的入魔人不斷增加，為爭奪入魔人，神農星巨人族多次越界，已發生數次衝突。

靈氣的異常流動，應該就是導致這一切異常的主因，看來，關閉蟲洞的事不可繼續拖延。

「召回所有長老駐守邊界，昆吾用量告盡，長老才可出手抵禦瘴氣。」少昊下達命令後，便離開伏羲星，來到通往地球的蟲洞。

沒想到蟲洞處，有二個年輕的神農族巨人由夸父帶著，正準備進入。

少昊露出一抹苦笑，看來只要有能力獨自離開主星的人，都可以輕易的進入蟲洞了。

「少昊大人⁉」夸父率先發現少昊，立即上前行禮。

在所有星主裡，這位伏羲星主的實力，除了他們神農星星主赤松子，夸父實在想不出還有誰能比得過。

「地球不是已發佈召回命令，吾等身為神農人，應該最為清楚，為何還在此處徘徊？」少昊冷冷的問道。

「呵呵！召回令是因為要關閉蟲洞才下令的，蟲洞不是關不起來嘛！」夸父一臉傻笑，不敢有絲毫的不敬。

他們最近跟黃帝還有女媧發生了不少的爭執，他不相信眼前的伏羲星主不知道。再加上他們三個還是違反召回令前去地球的，伏羲星主就算當場一掌拍死他們，他們逃不了沒得說，想喊冤都人沒理。

另外兩個年輕巨人也走來，雖然，也跟少昊微微點頭表示敬意，卻是滿臉不以為然及煩躁。

「哼！給我滾回神農星去！」少昊右手輕輕一揮，夸父跟另外兩名巨人，完全抵擋不住突如其來的推力，三人的身體被快速地推往神農星而去。

少昊直接進入蟲洞，一步一步的走著，感受蟲洞裡的能量結構。

靈氣靈氣靈氣，竟然全都極為均等的靈氣量。

少昊壓下心中的驚異，呼喚一位身在伏羲的長老，及地球的女媧，前往蟲洞入口，並依少昊的指示在蟲洞口處感受靈氣的流動，回報給少昊。

收到回報的少昊，輕輕一個嘆息，直接前往神農星，面見神農星主赤松子。

黃帝看著寰宇星系傳來的消息：伏羲星主更動為計蒙。即刻徹離地球，十日後蟲洞關閉。

伏羲星主更動!?這次的即刻撤離難道跟伏羲星有什麼關聯？十日!?蟲洞關閉!?要如何關閉？

黃帝身形一動，一道金芒由他身體竄出。

「女媧大人！敢問伏羲星有何事故？少昊大人發生什麼事了嗎？」黃帝的分身來到女媧的居所。

抬起頭看向黃帝的女媧，眼神還有些茫然，還是少昊大人四個字讓她回過神來，她無力地搖搖頭：「黃帝大人要回歸了嗎？」

「我要押著蚩尤離開，巨人族沒有他在，對人類的傷害也會小一點。人類每一步的成長，我都看到眼裡，也幫了我們很大的忙，我不希望他們因此而滅亡。妳呢？還不離開？」

女媧淡淡一笑：「近千年來，女媧在地球一直受到黃帝大人及炎帝大人的照顧，在此先跟您道謝，炎帝大人那裡麻煩黃帝大人幫忙傳達我的謝意了！」

「妳……不離開地球？」黃帝沒想到會得到這麼一個答案。

「她根本被伏羲星給放棄了！」蚩尤巨大的身形，跟著聲音慢慢出現：「女媧大人，依妳的能力活個數十萬年都沒問題，現在的妳也才二萬多歲，真的能接受這種爛命令嗎？」。

蚩尤走兩人面前，淡淡地瞄了黃帝一眼，發現黃帝的分身，僅僅只是一個成象，輕輕的一巴掌，就能將眼前的黃帝拍得四分五裂，表示黃帝仍將大部分的能量留在本體之中，不禁在心中暗罵一句老怪物，就只知道死死的護著那群人類。

「赤松子大人發佈的召回令，你準備執行了嗎？」女媧沒有回答，冰冷冷地看著蚩尤。

蚩尤聳聳肩：「呵，少昊大人的想法還不一定有用呢！既然，妳這麼喜歡被犧牲，我也無話可說，只不過，我們領地的許多人類，都跑到你們的領地去，你們是不是應該將這些人類還給我們才對。」

「人類什麼時候屬於你們的了！既然來了，請你直接回歸吧！」女媧身形一閃，直接擋在蚩尤面前。

對伏羲星的而言，物種的滅絕只能有一種理由，就是環境的變化。她們最恨可能使物種滅絕的行為，蚩尤竟還敢當著她的面，將這些話說出口。

巨人族敢在地球上抓捕人類，都是眼前的蚩尤在主導，只要將蚩尤趕回寰宇星系，相信剩下的巨人也不敢對赤松子大人的命令陽奉陰違。

既如此，女媧快速地吸收靈氣，與黃帝對視一眼，黃帝的分身所散發出的氣勢弘大，蚩尤環視四周，所有退路全都被女媧及黃帝包圍起來。

蚩尤一聲怒吼：「啊！你們膽敢，別以為我對你們低聲下氣，就是怕了你們！」

該死，他沒想到這兩個人竟敢對他動手，就算黃帝這個老妖怪的本體不在此地，實力大減。然而，光憑他一己之力對上女媧便難以取勝。何況，黃帝那老妖怪還不斷在加強分身的實力，只怕自己真會被這兩人逼回寰宇星系，赤松子大子已召喚他多次，他這次要真的回去，絕不可能在赤松子大人的眼皮底下再重返地球。

女媧、黃帝同時發力，一道強勁的氣流襲向蚩尤，讓蚩尤那龐大的身軀，都抵抗不住的晃動了兩下，蚩尤用盡全身的力氣，彎下腰雙手往地上重重一槌，雙手下方竟又各自伸展出兩隻手，兩道彎月紫光，在他的六隻手中閃過，六隻手手中各出現形狀不一的武器。

蚩尤緩緩站起身，但隨著氣流越來越強大，他整個人還是抵擋不住地往後退了一、兩步。女媧跟黃帝倆人一臉凝重。沒想到，蚩尤在他們兩人聯手的情形下，仍現出本體堅持抗命。

尤其是女媧，為了幾日後封閉蟲洞的計畫，她必需保存所有實力，更不可受到任何損傷，然而這一切黃帝都不知道。何況，黃帝的本體並不在此處，看來只有盡快解決蚩尤，她才能減少實力的消耗。

女媧烏黑的長髮瞬間一根根的聳立起來，不斷的澎脹變大，每根頭髮似乎都出現自我意識般地不停地蠕動著，其中數根粗壯的頭髮快速地往蚩尤的頸部、六隻手及兩腳竄去，並緊緊纏繞，將蚩尤一步一步拉向蟲洞。

黃帝卻為女媧也現出本體而震驚，他們倆人聯手，想將蚩尤驅趕回寰宇星系，就算蚩尤現出本體，頂多是多費些力氣，根本不需要女媧現出本體。

本體是一個人最高階的進化體，雖能發揮最強的實力，但本體的維持卻需要大量的精力及靈力，就算有入魔人類幫忙補充靈力，但只要運用本體戰鬥，也只怕支撐不到十年的時間，便需進入睡眠期。

難道，女媧想直接殺掉蚩尤。先不論蚩尤的行為是否該死，但依蚩尤身為巨人族族長的身分，就不是他跟女媧能決定蚩尤的生死的。

「女媧大人！」黃帝叫喚的同時，也停止對蚩尤的壓迫。

「黃帝大人，我只想毫髮無傷的將蚩尤趕回寰宇星系！還請幫忙！」女媧與黃帝合作多年，自然知道黃帝的顧慮何在。

「毫髮無傷！作夢！」蚩尤趁此時，用最下方的兩隻手緊緊抓住女媧的頭髮，以延緩被向前拉的速度，高舉最上方的四隻手，用盡全力攻擊女媧的頭髮。

然而，四道金光襲來，一一擊中蚩尤發動攻擊的兵器。

黃帝不斷聚擊能量，身形直接轉變成一條金色的龍。

女媧從來就不是嗜殺的人。何況，蚩尤的行為也不是毫無理由的濫殺，因此，就算人類因為巨人族而絕種，蚩尤也罪不致死。如此一來，女媧會現出本體一定另有原由，而黃帝選擇支持。

面對黃帝突然其來的攻擊，讓蚩尤一下便被女媧拉進蟲洞之中，黃帝隨即跟上。

面對著四周流動的氣體，毫無邊際的蟲洞，黃帝完全能全心全意對付蚩尤，不用擔心在這個蟲洞中遇到任何危險，黃帝沒來由的生出一絲恐懼，感覺這一切簡直太過詭異了。

不管如何，這個詭異的蟲洞即將被關閉，還是先把這個在地球上搞破壞的蚩尤，趕回寰宇星系才是重點。

黃帝繼續加強對蚩尤力量的控制，也使得蚩尤根本無法攻擊女媧，反而加快被女媧拖往蟲洞另一方的速度。

第十章　阻塞蟲洞

就在蚩尤為了毫無抵抗能力，被女媧拖往蟲洞另一方而憤怒不已之時，眼尖地瞄到一處時間流。

時間流一旦被捲入，根本不可能掙脫，更妙的是，進入時間流，雖然會再回到原來吸入的地方，卻會出現很大的時間差異，不管時間是往前或往後，對他而言都有很大的好處。

往前，他便有充足的時間，去阻止那個愚蠢阻塞蟲洞的計畫；往後，沒有女媧在，阻塞蟲洞的計畫，失敗的機會就大為提升。

「嗚啊！」蚩尤假意一聲哀嚎，放鬆氣力，讓女媧往前拖了好大一段之後，又猛然施力，朝時間流撞去。

「女媧大人放開！」黃帝發現蚩尤用心，立即撤回對蚩尤的控制，反將所有氣璇纏住女媧，想將女媧拉離開時間流。

只可惜，已經來不及了，蚩尤毫不抵抗被吸入時間流之中，女媧的長髮也接觸到了時間流。即使有黃帝的氣璇牽扯，女媧仍是被快速的被拉向時間流。

該死，要早知道這麼穩定的蟲洞裡，會有時間流的話，她絕對不會冒險，抓著蚩尤進入蟲洞的。少昊大人給予的任務、阻塞蟲洞的計畫只怕會因此失敗，伏羲不知要因此受到多大的傷害，不行她一定要想辨法彌補。

女媧匯聚靈氣轉為訊息，將靈氣傳向黃帝，只希望黃帝能在知道始末的情形下，協助她的任務。

看著在時間流前方的蚩尤，女媧升出一股殺人的衝動。然而，在時間流裡時間跟空間就好像是靜止不動的，也不過一眨眼的時間，蚩尤就不見了，女媧也被拋出時間流之外，女媧心中一緊，只期盼自己被拋回到過去。

只不過，一出時間流，第一眼看到的竟然是：「少昊大人！」

蚩尤也在一邊，只不過，蚩尤那龐大的身軀，被一道紫光籠罩壓制著動彈不得，而伏羲星主少昊卻是全身傷痕疊疊。

怎麼可能，以少昊大人的能力對上蚩尤，蚩尤根本沒半點反抗的能力，根本不可能被蚩尤所傷。難道，少昊大人已經開始在進行解體。

「女媧，蟲洞太大了！我的身軀不足以填塞整個蟲洞，你們的出現或許是天意！我要你往地球方向過去，如果我的靈力不足以阻塞整段蟲洞，剩下的就交給妳了！」

女媧一怔，向少昊行了個大禮：「吾之榮幸！」便往地球的方向過去。

「少昊你膽敢！」蚩尤卻是心驚不已，少昊的意思分明要將他的身軀也拿去填蟲洞。

紫光將蚩尤緩緩帶往寰宇星系，並一點一滴的不斷變小。蚩尤想奮力抵抗卻又不敢，他清楚的知道，在這紫光的籠罩下，他越是反抗紫光的壓力只會更強，他也只能等，等少昊解體到整個生命消亡，只不過少昊有可能，讓他活到那時候嗎？少昊的心腹愛將——女媧都必需犧牲了！

「啊！」蚩尤痛苦的哀嚎遠遠傳來，女媧離地球的蟲洞口還有一段距離，卻還是無法感受到少昊的氣息。

女媧望向蟲洞洞口，洞口隱隱散發出黃帝靈氣特有的金色光芒，顯然是黃帝已經開始執行原本屬於她的工作，在明知終身無法返回寰宇星系的情況下，仍然願意接替她的工作。

明知黃帝看不到她的舉動，她仍是朝洞口行了大禮，隨即現出本體，不斷吸收靈氣，讓靈氣進入全身百骸，每一寸的肌膚在靈氣滲入的一瞬間，隨即爆裂開來，以她的身體為中心，不斷地發出穠稠的能量向四方擴散。

黃帝不斷地吸收靈氣，甚至將體內所能驅動的靈氣，全轉化極為穠稠的黏液，然而因為蟲洞不斷被阻塞，使得天地間的靈氣量不斷的在下降，連供應黃帝正常的活動都有困難了。

堯、嚳、驩兜、倏、忽……幾乎人類所有大部族的首領全都聚集在黃帝身旁，在他們的中間還有好幾個入魔的人類。與黃帝最親密的嚳，先發現黃帝的異狀，瞄了一眼，地上為黃帝準備好的十七個入魔來自不同部落的族人，卻開不了口請求黃帝吃掉他們。

驩兜倒沒這麼多的顧忌，他們都很清楚黃帝舉動，對他們族人所帶來的好處，直接一手抓住一個入魔的人類，跳到離黃帝最近的小山丘上，曲膝行禮：「請您帶走這些沒用的人類吧！」

這七、八日以來，除了少數幾個部族因為黃帝的庇護，幾乎所有人類的部族，因為巨人而接近滅亡，殘餘的部落人民相互聚集，推派幾個部落裡體力較強的人，憤起反抗甚至還殺死了一個巨人族的巨人，再加上黃帝即時的出現，才得以存活。

其實，黃帝在得到女媧的靈氣傳訊之後，並沒有接替女媧的打算。因為，他們軒轅星的體質，只能生活在靈氣極為濃郁的地方，當蟲洞口被阻塞開始，靈氣朝地球的流竄必然瞬間大減，他只怕連活動都有困難，根本不可能有能力，去封堵住蟲洞洞口。所以，也只能將消息傳回，沒想到得到的回覆，竟是勸說眾人先行毀滅地球，若靈氣仍是快速流失，再行阻塞蟲洞之舉。

老實說，這個提議的確很有可能解決，整個寰宇星系靈力流失的問題。不過，向來以保護物種為己任的伏羲星主當然不接受。

而他自己……

跟人類的相識，不過短短的三百年，真的很短，甚至不夠讓他們好好睡上一覺，以修補身體。然而，一想到人類要因此滅絕，他發現自己無法坐視不管，這些人類是如此毫無保留的信任著他。他不懂那是怎麼樣的一種情感，總之讓他決定接下這個任務。

他將在山丘上兩個入魔人，吸進了自己的身體，馬上恢復的活動能力，並持續將靈氣轉化成濃稠的液體，速度也快上許多。

他感覺到由蟲洞散出的靈氣變得微乎其微，看來少昊大人應該已經犧牲了吧！赤松子大人也應該完成另一端蟲洞口的封鎖了，只剩下自己這裡了，黃帝又連續吸取了五個入魔人。

蟲洞口才被封印一大半，而蟲洞口洩出的靈氣雖然少，卻是還持續逸出。

眼見入魔人僅剩下十個了，他真能完成這個任務嗎？

突然，堯朝蟲洞口最近的山丘快奔而去，也學著黃帝，在快速吸取靈氣的同時，將體力靈力轉化成濃稠的液體。

黃帝雖然驚異這個人類對靈氣的運用能力，但看著他吸取靈氣的速度，不禁提出警告：「你會入魔的！」

堯朝黃帝一笑：「能夠被黃帝大人吸收是我的榮幸！黃帝大人為吾族所做的一切，堯也只能用這種方式報答了！」

「可惜啊！若沒有這個異常現象，寰宇星系應該會多出你們人類這個物種了吧！只不過，你們人類在寰宇星系，只怕也不會好過。」黃帝感慨地道。

「地球是我們的故鄉，我們該在的地方，只會是地球。」堯開始面紅耳赤，幾乎是咬緊牙根才將話講完。

但是，他靈氣吸取的速度仍是只快不慢，他覺得整個人都快要爆炸了，但他還是盡最大的能力吸取靈氣，因為只要地球上的靈氣越少，已經注定回不去的天神的能力就會削弱，如此一來人類所受的劫難才會更少一點。

只不過，他開始感覺到神智混亂，怒氣一點一滴開始在心中累積，已經到極限了嗎？堯吸收靈氣的速度毫不受控的加快，讓在場的所有人，都開始感受到靈氣的流失，堯將僅存的意志都放在將靈氣轉化的穠稠黏液封住蟲洞口之上。

蟲洞口，此時的大小已經不足以讓一個人類通過了。

「吼！」一聲驚人的吼叫傳來，堯在此時入魔了。

黃帝沒有任何猶豫，立即發出一股氣勁擒住堯，沒想到卻被堯掙脫開來。

黃帝心中一凜！

果然，這個最早開啟靈根的人類，已經進化到足以跟他們抗衡的地步了，才短短的三百年啊！

黃帝直接吸收完所有入魔人。看著所有人類部落的族長，全都一起攻擊入魔的堯了，卻仍是奈何不了堯，那些族長裡反而開始出現傷亡。

就在堯一拳便要結束驩兜的性命之時，黃帝用盡全力發出氣勁，將堯一舉擒住並吸收進體內。

「啊！」黃帝忍不住發出一道長嘯，堯的身軀帶來的充沛靈力，所散出靈氣轉成的穠稠黏液，竟完全將蟲洞口封住。

不！不對，黃帝貼近已被封住的蟲洞口，有靈氣…還是有靈氣流出，雖然，很難查覺，但他很確定有靈氣流出，這個蟲洞口到底是怎麼一回事。

他們花了這麼大的力氣，請赤松子大人出手，少昊大人犧牲，都無法完全封住這個蟲洞嗎？

「礐！」黃帝語氣沉重地喚道：「傳承下去，萬年，蟲洞萬年內不消散必然重開，你們人類要設法阻止。萬年對我們而言，還不足以跨越一世代，蟲洞一開你們必有滅種之危。地球的靈氣，已不足以供應吾的活動，吾將進入休眠，希望你們能安然渡過接下來日子……」

黃帝話一說完，身影也變得模糊。他非常清楚，地球上接下來除了一些未能及時回歸的天神，因為靈氣的關係，對人類造成頂多百年的威脅，百年一過，依人類目前進化的程度，這個星球的唯一主人，只會是人類。

THE END

第三屆・優選
〈狐遇〉

陸如淑／蔣贇

作者簡介（左）／蔣贇（我欲醉）

聽風飲露我欲醉，枕星眠霜自風流。三十餘載頑童鬧，攜夢踏歌任逍遙。

作者簡介（右）／陸如淑（陸千媛）

奇幻小說美妙之處在於它是個夢想的世界，可以在其中恣意發揮想像力跟創造力，構築屬於自己的小小天堂，或許沒有人能懂，但確實能滿足內心無處安放的那一份騷動，讓人擺脫一切桎梏、世俗且惱人的規範，所以它吸引人。

感謝我的摯友（我欲醉），沒有她給這篇故事奠基，就沒有如此完美的結局。合寫是意外，得獎是驚喜，更多的是得到各方的鼓勵和有了繼續寫作的動力，感謝這一切，也謝謝看這篇故事的你。

吾血，吾肉，吾骨，吾魂，吾魄，三千繁華世界，欲往何處安身？

香洲，有一唐姓大戶人才輩出，中有一人文武雙狀元，人喚唐生。唐生品格高雅，舉止斯文幼秀，平素最喜舞文弄墨，任俠仗義，好打不平之事，性格嫉惡如仇，在朝為官與權貴交惡，被貶江州，從此厭倦官場，懶為仕途。

牛李黨爭後，唐生官復原職，一日宴酬罷，秉燭夜讀，頓悟仕途多險，人心難測，遂與妻相談：「吾欲辭官與歸家鄉，安享田園之樂，你意何如？」

唐妻曰：「官人若有此意，自當相隨。」次年遂請辭出朝，攜妻還家。

夫婦二人居於蘇園，夫唱婦隨相敬如賓。惜好景不長，不過爾爾三年，唐妻忽患惡疾，藥石罔效，紅顏早逝。唐生愛妻情深，生無可戀，至此生人拒見，困守蘇園。

其弟不忍見其形單影隻，孤苦無依，遂為其招親，城中閨閣皆來相見。奈何唐生閉門不出，佳麗皆敗興而歸。三番兩次皆是如此，爾後再無才女閨秀登門。

又過經年，蘇園門庭冷落，香洲無人可再睹唐生風采。

是夜，唐生於園中夜賞玉曇，月影檀香陳酒微醺，念及愛妻不禁潸然淚下。

夜風如織，忽有一女子乘月而來，娉婷婀娜似春風撫面，驚若翩鴻燦若桃李。

「先生安好。」女子近前微微萬福。

唐生見此女子年約十五六，不避閑言夜半來訪，且神色舉止自若，全無小女兒那般矜持自守，斷不是誰家的千金閨閣，多半是那紅粉樓中人。

思來想去，應是自家兄弟的算計。唐生啞然失笑，唐弟已近而立之年，怎似少年一般未經考量？

「妳是何人？來比作甚？」左右無趣，料想自家兄弟應在暗處窺看，總不叫他失望才好。

「小女子何氏，先生可喚我阿年。」阿年巧笑嫣然，梨渦帶媚：「未知先生可還記得二十年前曾與人至雲停山獵狐麼？」

唐生聽言，免不得信口胡謅：「妳莫不是當年我放生的小狐？」

「先生記得阿年！」阿年大喜，拉住唐生手臂左右搖晃喜形於色，小女兒般爛漫天真。

「記得，只不想原來妳竟這般大了。」唐生原只是戲耍她一番，怎想她這般不知避諱，當下推開，正色道：「阿年，夜半造訪，到底所為何事？」

阿年聽言嬌羞難擋，扭捏半晌微微一笑：「先生可知阿年心事？」

「阿年心意我自當明白，妳我人狐殊途，阿年錯愛了。」唐生心中生疑，此女扭捏作態好似有意於他，若不正言推辭，使其會錯意更不好，只是唐生卻不願使她難堪，只好當即回道，言辭懇切，不容置疑。

阿年面露猶豫之色，囁喏回道：「先生活命大恩，當披肝瀝膽以報萬一，此番前來，亦是一腔赤誠，先生莫疑。若不能報答先生一二，豈不是叫我輩中人恥笑？我又怎是那忘恩負義之人？萬望先生莫要推卻才好，如此，也不枉先生相救一場。」

夜深困乏，酒多傷身，唐生不想再與阿年糾纏，當下用力推其一把，阿年猝不及防，傷了腳踝，跪坐在地低聲抽泣：「先生，這是為何？」

唐生見她哭似梨花帶雨，更是不厭其煩：「我二十年前與人獵狐，從未救下小狐，我知妳是我家兄弟叫來戲弄于我，莫說妳真是修仙的狐妖，就是那天家貴冑我也不會多看一眼，又豈會與妳有苟且之事?! 妳若還有半分廉恥之心且早早離去，否則叫爾有來無回!!」

石台邊三尺青峰在手，月影生寒力斬魑魅妖邪。

若不是阿年左右躲閃，只怕早叫唐生劈成兩半。

「先生!!」阿年秀眉微蹙：「我與先生所說之事千真萬確，要回報先生也是發自肺腑，先生若不願阿年以身相許自當是君子風範，只是阿年又豈是那一味癡纏之人，今夜造訪全是阿年一己之念，與他人何干?! 先生放心，阿年即刻就走，絕不讓先生礙眼！」

話才說完，阿年便如輕煙轉瞬即逝，月色燭光所到之處再無跡可尋。

唐生錯愕，阿年貌美性烈倒不似尋常女子，若真如她所言，是那深山之中苦修人身的狐妖，今日之舉多半也是狐性使然，若如此倒真是失禮於人以致唐突佳人了。

唐生有愧卻無悔，蘇園有愛妻相伴即可，阿年再貌美癡心，終究只是另一處風花雪月，與他何關？

其弟一如往昔三兩日便來探望，閒話家常卻從未提及何氏。旬月，唐生早已忘卻此事，日子如常。

一日，管事來報門前有一老嫗前來賣女，形容枯槁其狀淒淒。唐生聽罷不語，管事知唐生念著主母心善，多半默許，當即去辦了此事。

這等瑣事唐生自不放在心上，蘇園的僕人都是管事安排打點。

入夜，管事領新買的女僕前來拜見，唐生只揮揮手算是看過了。

女僕上前倒酒，也不知有意還是無意，酒溢出濺了唐生一身。

「阿年!!」管事大驚，上前便要撲打。

「罷了，退下。」唐生面無表情，不知喜怒。

管事這才鬆了口氣，唐生素來和善，不易發怒，只是新來的女僕終歸手生，免不得要給她些教訓。

才想耳提面命，阿年卻開口就問：「先生常飲烈酒麼？」

管事見阿年面無懼色，一臉精乖之氣，不禁搖頭：「主人和善，主母更甚。」

「主母亡故經年，先生總記掛著，總歸不好。」阿年笑言：「管事見我如何？」

管事聽聞薄怒：「爾等身分如何敢生妄念?!」

「哪是妄念，我又不是那歪眼斜嘴見不得人，爹媽給我一副好皮相怎生就配不上先生？」阿年笑嘻嘻地躲開，管事撲打幾下都落了空。

「年紀小小如此放浪形骸，從今而後不准靠近主人！」管事撲打無果，不由拂袖而去。

阿年笑笑不以為意，怎知此後月餘竟被園中瑣事困住，再不得見唐生。

阿年初時只覺蘇園大小僕人不少，怎就忙得挪不動步，後才察覺是管事作梗。

一日，她尋了個由頭換下為唐生送酒的女僕，滿心歡喜細細裝扮了一番便去給唐生送酒。途中禁不住酒香，左右無人便偷嘗了一口，怎知是那烈酒生香，只一口便醉意橫生。

「先生，這酒甚好。」阿年搖晃著為唐生斟酒，卻滴酒全無。

唐生見她臉泛酡紅更添嬌媚，知是烈酒所致：「酒在何處？」

阿年見唐生劍眉微斂似有怒氣，不由笑言：「先生莫惱，阿年再為先生去取。」話才落下，人卻倒在唐生懷裏。見她面帶桃花櫻唇嬌豔，端的是軟玉溫香，柔若無骨，千嬌百媚。

若論尋常男子，有這等尤物投懷送抱如何把持得住？唐生非但不解風情反倒惱其無狀，才要發作卻瞧見阿年頭上猝然生出一對尖耳，毛絨雪白。正在驚詫之際，只覺身上越來越輕，阿年已漸漸化作一隻雪狐，臥在唐生腿上不住囈語。

如此軼事唐生從未得見，往日聽人笑談也只是笑談，如今得見實乃奇景。

阿年乃狐，不諳人事，生有獸性猶若孩童，豈能以常人看待？

唐生抱起雪狐放置床上，見她睡得安穩不禁輕笑。

翌日，阿年一夢醒來發覺身在異處，細細看來像是唐生屋內，莫不是昨夜與唐生成就好事？還來不及歡喜騰然思及昨夜似乎醉了酒，只恐現了原身嚇了唐生，忙推門去尋唐生。

園中，唐生手中三尺青鋒熠熠生輝，行雲流水宛若天人之姿。

阿年一旁看得入神，既驚且喜。

「今日日頭甚好，出獵！」唐生招呼阿年過來：「妳也去。」

阿年大喜：「我也去麼？」

唐生不再多言，手提青鋒頭前先行。

阿年心生僥倖，只道唐生並未得見真身。

蘇園沉寂三年後重開，犬吠聲中一騎青驄淩空躍出，三十騎浩浩蕩蕩隨後出行。唐生早有威名，香洲上下莫不想與之相識，卻皆無緣得見，而今出獵便引得萬人空巷，摩肩擦踵只為一睹唐生風采。

香洲城東三十裏，雲停山，三十三峰環伺，入雲峰為最。山間雲纏霧繞，鹿鳴虎嘯，鳥獸不絕，奇珍佳木，飛瀑見虹。細犬疾奔，青驄其後，唐生滿弓如月，箭似流星，飛鳥斷翅，走獸難逃。

轉瞬，所獵者眾，僕從清點一番，放走小獸雛鳥，餘者帶回。

「先生好手段!!」阿年豔羨，歡喜得連連擊掌叫絕。

唐生烤好野兔遞與阿年：「熟肉可下喉麼？」

阿年驚詫，知昨夜多半被唐生見了真身，他非但不驚反而相就，心下感激繼而笑回：「為先生我早不再茹毛飲血。」

唐生不語，良久才問：「我何曾救妳？」

阿年笑語晏晏：「那年阿年還未修成人形，外出覓食卻被蒼鷹追擊，命懸一線之際蒼鷹被擊殺，阿年驚魂未定從旁細看，原是先生施以援手。那日阿年便誓約要報答先生活命之恩，刀山火海莫不敢辭。」

阿年梨渦淺笑，三分嬌羞七分感念。

唐生輕歎旋即大笑：「原來是妳會錯意，我確不曾有恩於妳，何必言謝？報恩之說更無從談起。而今真相大白，妳當不必隨我回去，且自行走罷。」

「于先生本無什麼，於我卻是活命大恩怎能不報？若不是先生心中一念慈悲，我又豈能度過千難萬險修成人形立于先生面前？」阿年恐他又遣她走，急急上前。

「我獵蒼鷹本是一己私欲，本就不知有妳。雖是救妳一時卻害蒼鷹雛鳥無食可進因此命喪，救一命而害一命又有何顏面自稱慈悲？那日我若沒獵到蒼鷹也應獵到別物，也可能就是妳，如此一來又怎算得上善行？妳自行離開，不必回報。」唐生推開阿年，不再見她。

「先生!!」阿年追上前去正欲說，不想唐生再次推開她，阿年摔倒在地，尖石入手，血流如注。阿年心中委屈，放聲大哭，此際唐生卻撲倒在地，穿雲箭透胸而過，幾乎傷到阿年。

阿年如夢初醒，非是唐生決絕無情，乃是暗箭來襲要躲亦非難事，只是不忍阿年無辜，這才挺身而出生受此箭。

「先生!!」阿年搶上前去，唐生血流如注人事不省，氣若遊絲。

阿年知有人在暗處放箭，陰狠毒辣，不死不休。當即大聲尖叫，霎時響徹山林，林中飛鳥受驚盡出，漫天皆是。阿年速與隨從帶走唐生，不致再受奇襲。

唐生回府，十日未醒，藥石無靈。阿年早早沒了蹤影，眾人記掛唐生傷勢無人在意阿年去處，唐弟尋遍良醫皆不能治，傷亦不能癒。

是日，唐弟久候唐生床前困乏，在旁小憩，恍惚間門外進來兩人，面容猙獰，雙手儘是白骨，一人臉白，一人臉黑，拿枷鎖鋼叉而行。

「奇了，此人陽壽未盡，緣何要我等前來拿人？」二人圍著唐生看了一陣，拿鋼叉者低語道。

「莫不是此人陽壽未盡，只是這口氣又怎會久久咽不下？」拿枷鎖者嗅了嗅唐生，恍然道：「原來如此，此人被骨箭所傷，凡間藥物無用，長將以往魂雖不滅，肉身卻不能存，那時魂被困與此，永不超生。」

「遊魂可滅，束魂卻不能滅，那時當如何？」

唐弟聽聞，心下惶恐，猛地起身，想問個真切，那二人卻早沒了蹤影。

唐弟命人裏外尋了個遍，皆稱不曾見生人進來，唐弟思及夢中二人說話，知唐生若無高人搭救，早晚一命嗚呼，當下許下重金，能救唐生者千金不惜。

消息傳出，翌日便有道士和尚上門，初時唐弟還寄望頗深，只要上門者無論有效與否皆有賞銀，日子久了，唐生一縷氣息不滅，肉身卻脫了相，瘦骨嶙峋形似枯骨。

唐弟有心無力，眼見唐生一日差似一日，知他命不久矣，只得命人準備後事。

如此又過了幾日，本是萬念俱灰之際，忽有一青衣秀士來訪，顧姓，稱可醫唐生之疾，言之鑿鑿似有真章。唐弟將信將疑，引他去見。

顧生到唐生床前左右看了看，也不見望聞問切，更不見針灸用藥，只從懷中取出一支白笛，那白笛不似尋常，形製纖長，音色清俊凜冽，聞之如同鷹鳴隼嘯。

顧生所吹之曲無人聽過，宮商角徵羽無一對應，詭譎異常。

一曲罷了，唐生忽然醒來，神色萎靡，形容消瘦無法言語。

唐弟大喜，命人煎藥煮粥與唐生調養生息，此外，對顧生奉為上賓，衣食起居無不周到妥貼。

「今日多虧先生相救，否則吾兄定不能活，卻不知先生是何處高賢，有這等起死回生之法。」某日，唐弟為顧生設宴，酒過三巡後，問及顧生來處所在。

顧生隱晦笑言：「我不過是途徑此處，聞說令兄久病不愈，又見貴府似有妖氣盤桓不去，我乃方外修道之人，當存一念善意以為修行，這才前來一探究竟，今日得見，方知此事原有蹊蹺⋯⋯」

唐弟狐疑問道：「道長，可否說明箇中緣由？」

顧生道：「令兄與人有大仇，那人才用骨箭傷他，此骨箭乃是百年蒼鷹腿骨所製，專滅肉身束其三魂七魄。肉身可滅，魂魄被束，永世不能超生，陰狠之極，非言語可表。」

唐弟心中一驚，那日在房中聽那二人對話正是如此，當下心有餘悸問：「吾兄一向與人為善，個性雖剛烈，卻也不曾聽聞與人結仇，此事恐怕有所誤會，誠如道長所言，那我兄長現在如何？」

顧生摸出懷中的白笛：「說來我與令兄當是有緣，治此惡疾者非同根同源不能相救，縱然有心亦是徒然。我這骨笛乃百年蒼鷹翼骨所製，招魂當有奇效，與那骨箭恰是同一出處，所謂相生相剋當時如此，只是……」

「只是如何？」

「只是令兄魂魄被束已久，招魂之事實非一日之功，還需尊駕備下一些物件才可大功告成。」

唐弟聽言忙問：「所需何物？只要在下能辦到即刻去辦。」

顧生笑道：「狐血、三牲祭禮缺一不可。」

「這事不難，在下即刻去辦。」唐弟不以為意，說罷便要起身著人去辦。

「尊駕且慢。」顧生攔下唐弟：「三牲祭禮不是難事，只是那狐血非百年雪狐之血才可，別的狐血只怕會是令兄的催命符。」

雪狐？唐弟思索良久面有難色：「我倒聽聞曾有人在停雲山見過雪狐，只是從無人獵到，也不知道真假。」

顧生輕歎一聲：「若無狐血為引，就算我手段再高只怕令兄也回天乏力，生魂被消淪為活死人。」

唐弟大驚，手足無措不由淚如雨下。唐生風采冠絕香洲，世人無不豔羨，如今卻淪落至此，怎不叫人悲從中來？

至此，顧生每日為唐生吹奏白笛一次，唐生氣色一日好似一日，粥湯多少能進一些，卻終不能言。

雖是傳聞不知真假，唐弟仍抱一念希望，當即許下重金求雪狐為唐生治病，重賞之下必有勇夫，消息一出，香洲獵戶傾巢而出，霎時停雲山犬吠不絕，獸隱鳥藏，莫說雪狐，便是尋常狐狸也不得見。

唐生雖醒，卻終日渾渾噩噩不見起色，一日，顧生請辭，說上山另尋靈藥，三日即回，唐弟不敢怠慢，備了良駒直送出北門。

當夜，阿年忽然而至，面容憔悴也不與人說話，直奔唐生臥房。

管事見疑一路跟隨，豈料阿年才進唐生房門便把管事關在門外，不許進也不回話。

「先生，苦了你了。」阿年見唐生不能言語潸然淚下：「若非阿年，你也不必受這苦，先生這等人物必有百歲之壽，怎能讓那宵小如此禁錮先生？」

唐生心下明白卻苦於不能言語，只得搖頭示意。

阿年見狀哭得更甚，少頃，阿年從懷裏摸出一個物件，圓狀，通體赤紅，夜中生光，觸之生溫。阿年將此物置於唐生傷處，霎時紅光刺眼，所觸之處宛若烈火灼燒。

唐生初時尚能忍，而後灼燒愈烈愈不能忍，欲喊卻苦不能言，呲目欲裂手腳亂舞。阿年知他受剜心之痛甚千倍萬倍，鳳血珠所含之火能令百鳥之王重生，豈是凡人可以生受？上前按住唐生雙手只盼與他同受這苦，也好過在一旁冷眼旁觀。

管事守在門外，猝然見房內火光沖天，只道走失了燭火，唬了一跳，當即叫來僕從破門而入。入門一看，火光全無，唐生無恙，阿年臥在一旁，衣衫不整皆是倦容。

管事見之存疑，卻不明究裡，只道唐生有念阿年隨伺，旋即退了下去。

唐生歷經烈焰焚燒之苦，卻宛若脫胎換骨了一般周身通泰，舊傷已癒，口也能言。見身旁阿年面容憔悴倦意淡淡，知她定是經歷了千難萬苦，若非如此又怎會有此神物前來搭救？當下心生感激，將阿年抱入懷中，令其安睡。

翌日，唐生問及阿年旬月何往，阿年初時不願明言，禁不住唐生催問便和盤托出。原來這些日上門治傷的顧生正是二十年前被唐生射殺蒼鷹之子，為尋殺父仇人韜光養晦良久，唐生狩獵那日終尋得時機，用其父的腿骨製成骨箭，本欲一擊即殺，怎料唐生命大一時並不得死。

阿年得知消息，尋上門去苦苦哀求，顧生表裏答應饒唐生一命，上門為唐生吹奏鷹笛，看似漸有回魂，實則陷者更甚。所言狐血不過是推脫之詞，只要過滿七七四十九日唐生便回魂無望，徹底形神俱滅，只存一魂一魄長束蘇園，永世不得超生。

阿年趁顧生外出掙脫束縛，輾轉往太山府君處求得鳳血寶珠。蒼鷹本無天敵，實乃空中霸主，俯瞰世間。唐生為骨箭傷其肉身，又有顧生持骨笛前來滅魄，本應回天乏力，阿年心有不甘，思及惟有效百鳥之王浴火重生或有一線生機。

唐生聽之感動之餘心下存疑，摩挲一番將鳳血珠還予阿年：「只是如此？」

阿年回答：「就是如此。」

唐生輕歎：「顧生如此厲害怎會輕易讓妳脫逃？即便如此，那太山府君又豈肯輕易將寶珠借用？妳是許了什麼卻不肯相告麼？」

阿年囁喏良久才回：「也沒什麼，不過一命換一命而已。」

唐生大驚：「換誰之命？與誰換?!」

「先生莫急，還記得先生說當日先生救我不過也是傷一命存一命罷了，如今阿年不過效仿先生，合情合理。」阿年拉住唐生手臂笑回。

「愚不可及!!愚不可及!!」唐生大怒，拍案而起：「當年射殺顧生之父全是我一己之私，顧生尋仇而來也是理所應當，我死便死了，妳又來礙什麼事?!現而今又與那府君許下這般條件，是要叫我三世都不安生麼?!」

阿年淚如雨下，卻一個字也說不出。

少頃，唐生不忍柔下聲來：「妳擅自做主，可曾試想我願不願意？」

阿年搖搖頭哽咽回話：「阿年只想讓先生活命，其他不敢多想。」

唐生長歎一聲將她攬入懷中：「阿年，妳這又是何苦？」

阿年淚中帶笑：「初時阿年只心存報恩之心旁無多念，深夜來訪本是想以身相許也算報答，不想先生君子仁愛之心不為所動，自那日初見後，阿年便許諾此生此心全系于先生，如今也算求仁得仁，我心中只有歡喜，怎會有苦？」

唐生聽之半晌不語，良久才道：「我因傷困頓數月，只今日才得安生，聽說往東一千里有一處所在喚『落霞峰』，山內有奇珍異果，味美難尋。本想尋來與妳一同品嘗，奈何我這身子沉屙已久，怕是要耽擱一陣了。」

阿年聽了不禁嬉笑望向唐生：「原是先生大病初愈嘴饞了，先生放心，我腳程比先生快，只四五日便能來回，好叫先生也嘗嘗鮮。」

唐生略有愧意：「這本是我一時興起，怎可……」

話未說完便叫阿年止住：「先生歡喜我便歡喜，有何不可？」

唐生輕笑，抱著阿年一時不忍鬆手。

午時剛過，阿年便騎著唐生的青驄一人出行，旁人生疑，道她一柔弱女子孤身外出豈不危險？唐生卻知她不是常人，尋常之輩莫說傷她，便是近身也難於登天。

唐弟見唐生已有舊日風采，只道是顧生的手段，歡喜地上下張羅宴席。

唐生初癒不便見客，親朋戚友便不曾打擾，只在園中小飲。

顧生前來慶賀，唐弟見之喜不自勝，千恩萬謝說了個遍。顧生先是謙遜而後要見唐生親往恭賀，唐弟欣然允之，命人陪同。

唐生似早知顧生來見，於園中候之良久。顧生見之，知他早已知曉前因後果，唐生屏蔽眾人，園中只有唐生與顧生兩人獨處，顧生見狀，當下叱問：「家父與你有何仇怨？你竟射殺於他?!」

「阿年與你父又有何仇怨？」唐生冷笑。

「蒼鷹捕狐此乃天道！」顧生不屑。

「蒼鷹捕狐既是天道，獵人射鷹當是天道。」唐生反唇相譏倒叫顧生一時愕然，呲目欲裂卻無言以對。

「既都是天道那又有何必解之仇？當日我射殺你父，今日你還我一箭，自然也是遵循天道，天亡你父自是因果，天不滅我當有緣由。而今你來，若飲了此杯，便是知交，若不願，明槍暗箭奉陪便是。」

唐生自知『解鈴還需繫鈴人』，舉杯奉于顧生，言辭懇切：「冤冤相報何時了？」

「父仇不共戴天，慢說我蟄伏經年就是為了今日，就是家父亡靈日日在府中盤桓不肯離去，我若不手刃仇人他又豈肯安息往生？」顧生思及家父日日呼喊，禁不得憤懣淚下。

吾骨，吾肉，吾血，吾魂，吾魄，三千繁華世界，往何處安身？

當年顧父被唐生一箭身亡，存著一口怨氣化作鷹靈，日日在府中盤桓，闔府終日不得安寧，顧生至孝，知父親一口怨氣不消，三界斷無處容身，故而蟄伏山中，伺機手刃仇人，以慰父親在天之靈。

豈料唐生命大，竟不得死，莫非天道循環早有定數？

唐生感念顧生至孝有心成全，卻不忍辜負阿年一番心意，思忖一番道：「今日你我且不論天道人倫，死生之事不過爾爾，滿飲此杯之後當以性命相搏，我死你父仇得報，你死我為你扶棺送葬。何如？」

顧生聽之愕然，看向唐生思之良久，唐生先前一番言語，雖不免強詞奪理，不甚中聽卻也是實情，而今他竟如此磊落大義，足見其人心存善念，此等磊落君子當世少見，就是同類之中也難得一見，若能與之結交，當不枉來人世走上一遭，思及至此，便不再動報仇之念。

顧生心中執念一放，再無芥蒂，當即接過酒杯一飲而盡，酒酣耳熱之際與唐生推杯換盞，引為知己。

酒烈，顧生不勝酒力，只三四杯便有醉意，拉著唐生閒話許久。

「阿年那小狐當真傾心於你，竟捨得百年修行掙脫我所布疑陣。」說及阿年顧生正色道：「唐兄，阿年時日不多，你可切莫負她。」

唐生沉思半晌笑問：「未知顧兄可知，常人如何得見太山府君？」

顧生不解：「唐兄怎問起此事？」

「前幾日我魂遊物外混沌之際，忽見二陰差，鐐銬來鎖要抓我去見太山府君，半夢半醒也不知真假，總想尋個緣由，顧兄既是方外之人，想必深諳此事，可否告知一二？」唐生問。

顧生看向唐生，見他言辭懇切不似玩笑，便道：「府君只見往生之人。」

顧生見唐生存疑又道：「我知你是為了阿年，你若去再換回阿年，豈非枉費她一番心意？」

唐生回應：「我乃七尺男兒，若連記掛之人都不能護其周全，又何必苟活於世？莫說府君，就是十殿閻羅又有何懼？」

唐生之舉實令顧生心折，長歎道：「我知唐兄情義，只是即是將阿年換回，她也不能長久。」

「卻是為何？」唐生不解。

「唐兄需知，我等方外之人百年為一小劫，三百年一大劫，得道千年需經十劫，若自身修為有得，小劫可保大劫難逃。而今阿年為脫我束縛，已耗去百年修行，即便不予府君處為唐兄求得命數，劫數臨近也難活命。」顧生也不避諱和盤托出。

唐生滿飲數杯悲從中來：「百年修行已屬不易，遵循天道亦屬本分。今日尚可與顧兄暢飲，來日物是人非也未可知。」

顧生感念：「唐兄不必過悲，天道輪迴，不在此處便在別處。」

唐生苦笑不再答話，與顧生喝至爛醉，抵足而眠。

翌日，唐生醒轉已不見顧生蹤影，思及應是回去了。顧父一縷怨魂未散顧生卻如何善了，想要登門親往求情，卻在山前山后轉個了遍終不得其法，無奈之下只好折回，請了幾位大和尚在山前沐浴齋戒，念經數日以為超度。

接連幾日，唐生都與大和尚一道誠心齋戒念佛，來得幾日未睡，慢說唐生大病初癒，就是銅皮鐵骨也疲憊不堪，於是輾轉在棚中睡去，夢中忽見一老翁前來，二話不說便伸手來打，唐生心知是顧父積怨難消來尋，便不曾躲閃，由他拳打腳踢。好一陣，顧生急急前來，拉住其父：「唐生是個君子，父親切莫傷他。」

「好你個忤逆子！殺父之仇不共戴天，本應殫精竭力為為父報這血海深仇，你倒好與仇人把酒言歡，全不把為父放在眼裏，罷罷罷，你不動手且由為父親自動手!!」老翁推開顧生直撲唐生。

唐生也不躲閃，由他來打。顧生見勸之無效，只得起身擋在唐生身前：「唐生當日殺你雖是一己私欲，卻無意救下小狐，所謂傷一命救一命，也算功德。父親五百年劫數將至，天道輪迴，不應在此處也應在別處，而今父親脫去肉身正可身入人道，於六道中雖非上等，卻也算善終，不是麼？」

顧父停下手來，知顧生所言非虛，所謂天道究竟是什麼，是上天的任意妄為或是六道的喜怒無常？參不透便註定要墮入輪迴，他修行五百多年竟還不如顧生看得通透，或者，他才是終能超脫之人？

顧父數日聆聽大和尚念經，戾氣早已洗去大半，今日又得顧生一語點破，心中雖有遺憾卻再不生憤恨之心，長歎一聲，化作一陣青煙，霎時了無蹤跡。

顧生知此番別離當是訣別，跪倒在地，拜了幾拜也沒了蹤影。

唐生知顧生心下感傷，也不怪他不辭而別，感念之餘幡然醒來，雖是一夢卻周身疼痛難忍，那番拳腳相加原是不假，難得顧父放下怨念，至此超脫，倒不枉他來此一遭，思及至此，釋然一笑，起身站起，此時棚外誦經之聲不絕於耳，山谷之中梵音冥冥，心神澄明。

數日後，阿年果然回還，風塵僕僕卻喜不自禁。

取著一籃鮮果歡喜得直叫唐生嚐鮮，唐生拗不過取了一個來吃，果然鮮甜可口，卻念及與阿年分別在即，禁不得心中淒苦落下淚來。阿年只道摘錯了，慌了手腳：「先生莫怪，我往日裏極少吃果子，也不知哪些吃得哪些吃不得，早知如此，便該每個都嚐一嚐才是。」

唐生知自己失態笑言：「妳莫慌，風沙入眼罷了，若真叫妳個個都嚐過，可還能有我可吃麼？」

阿年嬌嗔：「先生莫要取笑阿年。」

「哪裡取笑，句句屬實。」唐生正色道。

阿年嬌羞一笑，連連跺腳扭頭便走。

這般小女兒神態，旁人見了都不禁竊笑，唐生卻怎笑得出？

是夜，唐生與阿年共飲，阿年醉過心有餘悸，唐生也不勸酒，自行喝下。阿年禁不住酒香，淺嚐一番才覺酒淡而香，飲之神怡。

連飲數杯，阿年躊躇良久，才道：「今日花好月圓，幸與先生共飲，倒也是一樁美事，可惜明日便要與先生作別了，先生身旁冷清，需早早尋得良配才是。」

「此事無需阿年記掛。」唐生漠然。

阿年心下酸楚，趁著醉意笑言：「本當如是，阿年本就癡心妄想，怎還會記掛這些？只盼先生閒暇時能記起阿年，那便好了。」

「我既是妳的執念，此去當放下，做狐不易，做人更難。若妳能托生人世，便忘卻這些，從此快活一世豈非更好？」唐生不忍見阿年苦楚，柔聲回道。

「先生既知是執念又何曾放下？先生有先生的執念，阿年有阿年的執念，如今我要走，此去當是永不再見，先生又何必管這些瑣事!!」阿年悲愴不已，連飲數杯，口不擇言。

唐生強顏歡笑：「這小狐才來人世幾日，便佯裝通曉人世一般，如此執拗豈不叫人笑話？」

「我便是要執拗便又如何?!」阿年憤而起身扭頭便走。

她乘月而去便如她踏月而來，只是今次她方走兩步便又折回，撲入唐生懷中大哭不止：「我知先生故意氣我當是為我，只是執念一生又如何輕棄？此去便是訣別，先生便無話與我說麼？」

唐生輕聲回：「珍重。」

阿年心有不甘：「若能托生為人，先生可願等我？」

唐生失笑：「我若死了如何是好？」

阿年心慌：「只是臆想，先生也不願答我麼？」

唐生正色道：「我若不死，當不負妳。」

「多謝先生，願先生安好，一世無憂，阿年拜別。」阿年聞之淚如雨下，心中所繫終得回報，當下起身萬福乘風而去。

唐生嘆息，佳人已杳，徒留一縷幽香。

話說泰山之巔，乃太山府君所居之處，亭台樓閣雲霧繚繞，人煙罕至，飛鳥猿猴難渡，臘月，大雪紛飛，一素衣人手持拂塵，頭戴斗笠，身披氅衣，踏雪和歌而來，雪山曠野，景色蕭條，百草凋零，飛鳥禁絕只得北風呼號。

風雪難行，須臾，見一山門緊閉，素衣人舉手敲門，少頃，山門咿呀緩緩而開，內有兩小僮僕，探頭而望。

素衣人問守門兩小僮道：「未知太山府君可在？」

「我家主人前幾日應壽山公之約，前去普賢菩薩道場聆聽法會，輾轉數日方會回還。你是何人，竟能到此？」兩僮僕詫異。

守門僮僕年約莫七八歲，相貌一致卻身形相異，左邊略為壯碩，右邊的則較為瘦弱，兩人頭上繫著兜巾，模樣甚為討喜。

素衣人道：「吾與府君雖非故舊，卻仰慕府君已久，修道之人不請自來，只求一見。」

倆僮僕莞爾：「泰山府君為人剛正不阿，掌管萬千遊魂惡鬼自有手段，且素來鐵面無私，清廉自守不與人交，所懼者眾，受人景仰之事，見所未見聞所未聞，這道兄也不知什麼路數如此唐突，委實奇哉怪也。」

素衣人笑道：「二位仙童此言差矣，吾素來敬仰府君剛直不阿，與府君更是氣息相投神交已久，此番前來若能與府君一見，得償夙願之後，日後成為至交想必亦非難事……今日天寒地凍，天色見晚，山陡路滑不便下山，望二位仙童尋個方便，借一處予某歇腳，順而恭候府君賦歸？」

瘦弱僮僕道：「府君不在府裡，吾等也不便留客，若是府君怪罪下來，吾等擔待不起。」

素衣人道：「某乃實誠君子，絕非宵小之輩，看兩位久隨府君亦非簡單之人，若某有所不軌，當用手段將吾驅逐出去，斷不會給兩位添麻煩。」

兩僮僕對視一眼，其中一人道：「我看道兄難得來泰山一趟，今日這般天氣確實也不好趕你下山，只是府君出門前早有交代，未可收留來歷不明之人，恐有禍害。」

素衣人驚訝問道：「此是為何？」

壯碩僮僕道：「年中新收一狐幽魂，每日悲鳴，哭哭啼啼哀哀切切，吾等不勝其煩，告知府君，府君卻道此幽魂尚有未盡之塵緣，或有逃脫之嫌，命吾等嚴加看守，已有一年之久，近日府君忽然將此狐魂鎮於塔內，說是有人要來搭救，故不可讓生人入內。」

素衣人道：「吾聽聞泰山府君之處，乃幽冥之地，與閻羅殿不同，專收修行未果遭天劫之同修魂魄，待其轉生，誠如兩位所言，府君何不讓此狐轉生？」

倆僮僕笑笑不置可否，向素衣人做揖後曰：「道兄，吾輩不可違逆府君之言，道兄有事，請改日再來。」

素衣人呵呵笑道：「擇日不如撞日，我偏要今天前來拜訪，你能耐我何？再說我千辛萬苦才尋來府君之地，豈有空手而回之理？」

兩僮僕聞言大驚，怒叱：「大膽狂徒！竟敢在此地撒野，莫非府君所言，要來尋穢氣的便是你?!」

素衣人拂塵一掃，似有千鈞之力兩僮應聲往後就倒，一人趕緊爬起，拿了一把三叉戟刺了過來，另一僮僕也不敢怠慢，手持寶劍，上前助陣。

三人於山門前叮叮噹噹交手起來，那素衣人武功饒是厲害，只憑一把拂塵，三兩下便把守門的兩僮僕打倒在地，兩人面色如土，面面相覷不知如何是好。

素衣人道：「我也不與你們一般見識，同為修道之人，自有菩提之心，那狐日夜悲鳴，鐵石心腸亦為之動容，所謂惻隱之心人皆有之，人同此心心同此理，汝等既是修道之人，應懷慈悲惻隱之心才是，既太山府君不允其去當有定數，或是冥冥之中自有天理，既是如此，二位何不順應天理放過於牠？」

壯碩僮僕道：「我等見牠日日哀鳴也是可憐，只是府君心意已決，能奈若何？」

素衣人道：「二位既有惻隱之心，若有意成全，何不將此狐魂魄交付給我，山人自有良方。」

倆僮僕相覷而望，皆是搖頭：「道兄說這話莫非想置我兄弟於死地？與府君作對，無異油中取物自尋死路！便是借我等十個膽子，也萬萬不敢！」

素衣人好說歹說，手段用盡，倆僮僕還是不肯讓其入內，素衣人仰頭長嘆：「兩位既不肯放行，也莫怪我無禮了。」

倆僮僕驚道：「汝意欲何為？」

素衣人推開倆人，邁步便想闖入山門，倆僮僕自知比拼不過，壯碩僮僕扯著素衣人的腿，將其按到在地，喊道：「弟可去前堂，拍驚木板請府君回歸。」

瘦弱僮僕應聲後舉腳欲走，素衣人豈可放過？手中塵拂一扔，化作一條錦蛇，將瘦弱僮僕纏住，引得僮僕驚聲尖叫，臉兒發白：「道兄饒命！」

壯碩僮僕見狀，扯著素衣人的衣擺，與素衣人扭打成一團，素衣人道：「不想傷了和氣卻讓爾等看低於我，也罷！時日不早，此地不宜久留，恕不奉陪了。」

一翻身，素衣人一躍而起，壯碩僮僕被翻轉在地，骨頭似要散架一般，只能哀號，瘦弱僮僕則被錦蛇纏住，動彈不得，那人笑了笑，將兄弟倆捆成一堆，高掛在樹上，樹枝低垂，嘎嘎作響，似是承載不起兩人重量，倆僮僕心驚膽跳，不敢再作掙扎，臉色一陣青白，冷汗直流。

素衣人撫掌而笑：「早說與人方便便是與己方便，善門長開，修道之人豈可無憐憫之心？今日之事我便不與爾等計較，高山流水咱們後會有期。」

瘦弱僮僕道：「且慢，我看道兄乃是義氣之人，何不留下姓名，府君回來，我等好有交待？」

素衣人道：「吾行不改名坐不改姓，府君若是回來，汝可告知，吾乃蒼鷹之子，顧生是也，此番回去，吾自當在府上焚香齋戒，恭候府君大駕。」

原來顧生念及唐生舊情，知唐生為阿年離去之事，寢食難安坐臥難眠，於是隻身前往太山府君之處，趁府君外出，順勢救回阿年，奈何這兩個童子左右不讓，事到如今也顧不得是否得罪府君，一心只想成全唐生。

太山府君之府邸，氣勢恢宏，周圍樹木巍峨參天，遍地異花珍果，雲霧繚繞，四季如春，與山門外大雪漫漫風刀霜劍之景截然不同，果然方外仙山，風水寶地。

顧生讚嘆之餘，不忘加快腳步，此番為阿年而來，豈可貪戀眼前美景忘了正事，收定心神又往裏走了半里，見園中水榭亭台處有一七彩玲瓏寶塔，流光溢彩，隨風叮噹作響，甚為可愛。

顧生思及倆僮僕曾曰，府君將亡狐之魂魄鎮於塔內，既是寶塔，當是氣勢恢宏高約十丈，舉目望去，除卻眼前這座七彩玲瓏塔，別無其他。只是此塔玲瓏袖珍，如何能鎮魂魄？

顧生低頭沉思，既是仙家妙物，必有其不可思議之處，於是舉手便將寶塔捧起，欲將寶塔帶回，豈料此塔雖小，卻重逾千斤，顧生一時拿捏不住，不慎將寶塔摔落在地，只聞一聲脆響寶塔碎成兩截，顧生見之驚出一身冷汗。

寶塔碎裂，一縷清煙裊裊而生，初只有一團雲霧狀，漸漸雲霧聚攏，居然形似人形，彷彿一稚齡少女體態，五官逐漸清晰可辨。

顧生問曰：「莫非阿年？」

那形體道：「來者可是顧生？」

顧生回曰：「正是！吾來救妳脫離苦海，讓妳還陽。」

形體越聚越明顯，不一會兒形成衣少女模樣，杏臉桃腮，眉目如畫，雲鬢髮絲清晰可見。

阿年道：「顧生與吾君有殺父之仇，與阿年亦無交情，為何願意闖府君居處，救我還陽？」

顧生道：「我與唐兄早已化干戈為玉帛，為莫逆之交，自從妳魂歸太山府君之處，實是不忍唐兄日夜思念，茶飯不思，衣帶漸寬，故前往泰山搭救於妳，阿年莫要懷疑，速速隨我下山！」

阿年聞言掩面而泣：「先生果然不負妾身相思之痛，也不枉費阿年一往情深，只是阿年魂魄久鎮玲瓏寶塔，形體無法相聚，魂魄無所依附，即便與你同行，亦無法久撐，恐不到七日便魂消魄滅，顧君可告知先生，先生之情，阿年將永銘五內，今生不得相見，期待來世與君相守。」

顧生曰：「吾既來救妳，必有妙法，卿可將魂魄依附於某帶來之葫蘆之中，隨我回轉山門。」

阿年道：「若府君追究，豈不害了你？」

顧生曰：「無妨，料府君早有此打算，知我將來搭救於妳，否則太山府君之處，怎可輕易讓某進來？阿年儘速與我回歸山門，切勿耽誤還陽之時。再耽擱片刻，神仙難救。」

只見阿年微微頷首，不一會兒化作一縷輕煙，進了顧生手中所持葫蘆。

春往夏來，秋去冬歸，此過經年，唐生依舊孑然一身，唐弟未免唐生孤寂，三兩日便帶小兒來見，婚姻之事總免不得要說三道四一番，唐生每每搪塞而過，日久年深，唐弟便聽之任之。

一日，唐生在園中練劍，忽聽有人擊掌喝彩，收劍一看，原是顧生來見。

二人君子之交早是知己，把酒言歡暢談痛飲好不暢快。酒酣耳熱之際，顧生忽笑：「與唐兄相交甚久，也不見唐兄另覓良緣，卻是為何？」

「有賢弟良朋足矣。」唐生笑回。

「我見唐兄容貌十數年不變，風采卻更甚從前，倒比我這修道之人更見輕健卻是為何？莫不是喜事近了？」

唐生笑罵：「有酒你且喝，卻來笑話我，討打麼？」

顧生大笑：「我料唐兄近日定有故人來訪，今日且就此打住，過幾日，待唐兄故友來見之時，再與你一醉方休。」

唐生只道顧生笑話，敷衍幾句不予深究。

隔幾日，當真有人拜訪，說是故交好友，唐生存疑卻仍來相見，那人四十上下年紀，布衣灰袍面生的很，也不知何時見過。

疑惑之際，那人身後一個女子上前微微萬福：「先生安好。」此女子十六七歲，娉婷婀娜，梨渦帶媚，笑而帶淚。

唐生見之驚愕，竟不知如何回話，半晌，上前抱住女子，輕輕喚了一聲：「阿年。」

顧生此時忽爾現身，撫掌而笑：「兄乃至誠君子，而今宿願得償，也不枉我赴泰山一程，為你尋回美人，爾等分別已久，想必有體己話要談，我與府君就不多打擾了，改日再來與唐兄討杯酒喝。」

唐生還有話想對顧生說，無奈話到嘴邊，千言萬語竟是一句也說不出口。

布衣灰袍男子轉頭與顧生道：「有情人終成眷屬，你也該心滿意足了。」

原來布衣灰袍男子便是太山府君，那日從普賢菩薩道場赴約而回，從倆僮僕口中得知玲瓏寶塔被毀，白狐魂魄被顧生帶走，於是追到了顧生修行的之地，大興問罪之師。

太山府君得道升仙之前原是行俠仗義之人，問罪之時得悉緣由又念及唐生卻是世間少有的至誠君子便有意成全，奈何以物易物原是太山府君府早定下的規矩，他再有成全之心也得顧及太山府君府的臉面，當即與顧生立下約定，阿年形體雖滅，魂魄仍在，倘若容阿年回到唐生身邊長相廝守，顧生願用傳世百禽之寶贈與太山府君，以為報答。

只是這百禽之寶，得耗費顧生修煉百年內丹，此事阿年不知，只有太山府君與顧生知情，唐生疑惑府君所說之辭，正當開口詢問，顧生搖手制止：「兄當好好愛護得來不易之良緣，才不負某所做所為，等兄與阿年成百年好合，大喜之日，將再來拜訪。」

顧生語畢，與太山府君攜手消逝於雲端之中。

陽春三月雨燕歸巢，春意盎然百花助興，唐生與阿年歷經磨難終能共結連理，唐弟喜不自勝，著人在唐府張燈結綵大肆慶賀，蘇園廳堂之內紅色雙喜字高掛，紅燭搖曳，歡聲笑語不絕於耳，闔府上下一片喜氣洋洋。

是夜，唐生掀起新娘頭蓋，見阿年嬌羞美艷，一時感慨，執起阿年雙手：「今日能與阿年共結連理，全靠顧生，可惜顧兄未見，甚為抱憾。」

阿年道：「顧生乃是方外之人，自不會拘禮，你我何不朝天一拜，答謝恩人？」

唐生欣然應允，當即與阿年雙雙朝外跪拜，感謝顧生成全之意，跪拜畢，唐生牽起阿年，正欲合巹交杯，不料後方有聲響響起，回頭一看，顧生笑吟吟端坐在新床之上，笑曰：「唐兄大喜之日，怎不叫上顧某前來喝杯喜酒，沾沾喜氣？」

唐生驚喜莫名，看了阿年一眼，阿年掩嘴笑言：「夫君莫愣，還不快替恩人斟酒？」

三人相視而笑，共飲暢談好不歡快，直至雞鳴東方魚肚翻白，顧生才辭去。

過午，兩人起身梳洗，唐生依禮攜新婦往宗祠上香，阿年一身喜氣，初為人婦嬌羞矜持神態，唐生欣喜之餘，亦心有所感。

阿年問曰：「夫君何以嘆息？」

唐生曰：「所謂花好月圓當是美滿，人世百年不過一瞬。時光飛逝如白駒過隙，吾已年近半百，自忖與妳相處時日不多，當加倍珍惜才是。當日妳拜別之時，我自知與妳緣盡於此，所謂今生不負亦是肺腑，本想今生再無緣得見，卻不想顧兄仁義涉險求得妳回還，是天道或是定數總歸不得其解。」

阿年回應：「人生無常，六道輪回當有定數，妾身於狐身之時早已參悟，夫君若能放下世俗羈絆，與我同修，或許可避輪迴之苦？」

回程，唐生與唐弟商議，道及欲與阿年前往深山結廬修行一事。

唐弟驚道：「兄長新婚不久，當是人生享樂之際，何以萌生此意？」

唐生曰：「人生如浮雲蒼狗，只有修道才是正途，我與你嫂心意已決，將此蘇園交付於你，弟可隨意處置。」

唐弟戀戀不捨，伸手抹淚：「兄長忍心棄我於不顧？」

唐生道：「你我手足情深亦是因緣，他日我若有所成，定當來接吾弟前往。」

唐弟自知唐生心意難以動搖，只得含淚相送，臨別，唐弟道：「盼兄勿忘所言。」

經十年，立秋之日，唐弟與家人在蘇園飲酒賞景，見園中落葉飄飄，思緒紛沓而至，想起唐生，不覺落淚。

忽聞異香，耳邊仙樂陣陣，只見唐生踏雲而來，容光煥發青春年少，不見老態，阿年在左，盛裝隨行，身後眾人前呼後擁，奏樂高歌好不氣派。

唐生笑意盈盈：「今日乃是黃道吉日，弟快隨為兄一同前往蓬萊仙山，永脫塵世輪迴之苦。」

「阿兄！」

唐弟見之拋下手中酒杯，且行且奔，只見雲彩落下，唐弟一躍而上，撲向唐生，唐生伸手拉住唐弟，輕拍其肩背，不一會兒，唐生與眾人消逝於雲端之上，家人見景皆驚惋不已，知唐弟此去當無回日，便對雲叩首以為拜別，此後再無唐生兄弟音信。

又過經年，傳言有獵戶曾於雲停山避雨，見唐生兄弟與一青衣秀士於半山亭中下棋品茗，三人皆是青春年少模樣，一美艷婦人坐在一旁撫琴助興，兩小兒天真爛漫左右戲耍惹人生羨，待要細看之時，雲霧來襲再不得見。獵戶知是奇遇，下山告知唐家後人，唐家後人便將此事書寫於族譜日誌之中，成為一樁奇聞佚事。

「他們後來得道成仙了？」念兒瞪大眼睛看著阿爺，神怪之事聽了半宿總覺得哪裡不對，恍惚之間竟有似曾相識之感。

阿爺笑而不語，在念兒的額頭屈指一彈：「阿爺為念兒說了這麼許久的故事，乏了，念兒也該安寢才是。」

念兒撅起嘴望向阿爺，心有不甘卻也無可奈何。只得躺下安歇。

阿爺守了她一會兒，見她呼吸漸沉這才起身出去。

念兒心中有事又怎睡得著，方才不過閉眼假睡，而今阿爺既去便立時翻身而起，阿爺方出門，阿奶早在門口候著，二人似是說什麼。

念兒一時興起，躡足靠近門口，細細一聽，原是二人閒話小敘。

「念兒古靈精怪，似有你當年的模樣。」阿爺笑道。

「願她得遇良人，也不枉你我凡塵俗世走一遭。」阿奶語氣帶有憂慮。

「你我的造化非全是天意，多是人為。念兒自有她的造化，天命如何你我無法顧及，且看她自盡力便好。」

阿奶掌燈轉身隨阿爺離開，末了，隱隱聽得阿奶說：「先生安好，我亦安好。」

念兒偷偷拉開門，月色之中，阿爺與阿奶並肩而行，燈燭搖曳，出塵絕世。

THE END

第三屆・優選

〈春城飛花記〉

蘘荷

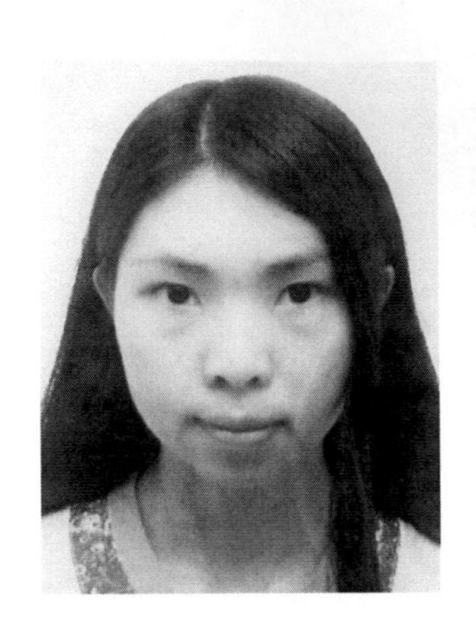

作者簡介／蘘荷

小地方人。解嚴後出生。

遭當代生活來回輾過的苦逼上班族。

「目前已可見到冽泉宮的鴟尾。」飛舟上的翾術士報告道。

這航行於蒼穹的飛舟名為掛星槎，身分須是在公侯一級，方能乘坐。

能看見冽泉宮，那就代表航程即將結束。鎏國大公子澹臺顒透過琉璃小窗向外張望。從飛舟往下俯視，依稀可辨認出帝國的幾樣勝景名物。

鸛雀臺上在春日的照射下耀著光芒的金人，冽泉宮廡殿頂銅瓦片呈現的色澤，影娥池的碧水……

公子顒不曾想過自己竟有對這些熟悉的景物產生悸動的時刻。

在窗外景物越見清晰後，飛舟開始放緩了速度。

愈是逼近皇城，愈是該小心謹慎。

翾術士看著七寶靈檀几上的符文，快速的用算籌驗算著下降的距離，一面指揮著下屬的樓船楫棹士注意風速，並命令司爐士控制既濟爐與未既爐中的火候。

靈壇几上的磁石板排列著數百個陰爻與陽爻所組成的符號，這些在常人眼中如同啞謎般的符文，只要透過訓練，修習判讀破譯的竅門，即能從中得出訊息，學會操作飛舟。

這一系的術士大多出身羽族大姓中的鳥俗氏，為上古仲衍的後人。他們得天獨厚，在辨識東南西北上才能過人，蒙著眼也不出差錯。加上天文古籍原典文字多是他們自幼使用而易於掌握的鳥書，外族之人很難在這方面與其爭鋒。

各國重用他們的另一個原因自然也是因羽族有翅且善飛，萬一有何不測，能救助乘客，防止傷亡。

淼國的飛舟燃的是焱精，乃以巽風之木，入山燒製為炭而得。使用前須在良辰吉時以金燧取火，過程可謂繁瑣。加上巽風之木淼國本土並不出產，得到萬里之外的僻地採集，因此非有要事，很少調用飛舟。

每年所不得不用的巽風木則定期出海伐取，這般苦役多半派觸犯國法又納不出罰金的罪犯前往。

砍柴伐木乃本國傳統勞役刑罰的一種，透過服役贖己過失。犯人一律名為鬼薪刑徒。在發往海外樵薪的刑罰名目出現後，這稱呼顯得更加名副其實。乘船往南荒伐木，除了旅途遙遠，航程還十分凶險，與送死無異，「鬼」、「薪」兩個字都佔全了，也難怪逃獄的多如牛毛。

因此在憲帝時，朝廷允許犯人可攜回多伐的木料，可自由販與他人或讓朝廷收購，這才止住了逃逸風氣。自此後，有不少人犯因勤懇勞作，反而發家致富，引得不少人自願前往，民間冒死偷渡的亦偶有耳聞，如此一來，朝廷竟不必再為短缺發愁了。

※※※

掛星槎安穩的停泊在宮城稍遠處的旦露池，整個降落過程中，眾人杯盞中的水甚至沒有晃出一滴。在這之後，楫棹士們架起舟橋，列隊魚貫歸營。大公子上岸後，在眾人的護送下往冽泉宮而去。

一路上，熟悉的苑柳宮槐樹影婆娑，宏大的宮殿群巍峨矗立，隻身走在通往皇宮的大道上，任誰都顯得微不足道起來。

在行經青雀門前，可清楚見到十二金人捧盤而立。金人們鑄於開國後，歷史悠遠，用以收集八方之氣所凝成的露水——「八風水」

當年澆鑄這些神像時，乃以十二月將形象為本，依序為：神后、大吉、功曹、太沖、天罡、太乙、勝光、小吉、傳送、從魁、河魁、登明。分別司掌十二時辰與相應的保民之職。

而宮內人除了平日飲用八風水，患病時也按配伍的需求以相應時辰的水入藥。

因著思緒忽然觸及「患病」一事，大公子情不自禁地又加快了腳步。

※※※

公子顒乘著掛星槎返京的消息很快就由人通報到了常樂宮承寧殿。

自大公子觸怒天子，受譴罰往祖陵自訟悔過，至今已有數月。若非天子寢疾，指不定還要多久才能見他回京。景皇后為此事憂慮不已，時常尋機會勸解，無奈天心難轉，皇帝始終不鬆口，誰也沒法子。

如今終於把人召回了，可皇帝此刻臥病未起，這種非常之時，誰也不敢隨意地有所表示。

「顒兒呢？」皇帝問道。

「啟稟陛下，大公子一刻前剛進宮門，正往殿中而來。」才說著，大公子風塵僕僕的身影已到了殿外。

公子顒上回穿著玄衣離開帝畿時還是冬天，此次返回時宮中人俱已換上了青色法服。鎏國服制一向依季節更換，春衣青，夏衣赤，季夏衣黃，秋衣白，冬衣黑，以順應時則。

他在門外除履，卸了佩劍後，整了整衣冠，便跨入殿中。

走至皇帝榻前後，公子顒拜伏於地，口中誦道：「臣顒謹祝聖天子永奉無疆，與天久長。」鋪著青蒲席的承寧殿鴉雀無聲，直到皇帝一聲：「坐吧！」才劃破了這近乎死寂的寧靜。

大公子跪坐在枰席上，等著父親發話。

皇帝一向辭寡，也厭煩言不及義的長篇大論，因此沒等他開口前，大公子一向奉「沉默是金」為圭臬。

此時鎏國天子臥於矮榻上，敞開衣袍，正在艾灸。

大公子記得父親並不喜歡用艾灸療疾，深恐是病況加劇，不禁看了看黃門，卻又不敢當父親面貿然詢問。

服侍皇帝的黃門一向善解，解釋道，這日適逢「血忌」，不宜施鍼，太醫才改施此法。

當今天子身上一道橫越胸腹的傷疤十分觸目，是他曾親征沙場所留下的經歷。大公子縱使已非孩童，親眼見到時還是能感受到其中的凶險。過了良久，皇帝立起身來，黃門示意後，宮人立時捧來一托盤，上盛一酒壺與兩酒爵。

公子顒見狀，只得勸諫：「病中飲酒似非養生之道，望聖天子保重聖躬。」皇帝置若罔聞，逕自拿起黃門斟好的一杯飲了，然後吩咐：「你也喝。」酒爵才到大公子手中，他就認出是西域蒲桃酒，素有滋補之效。

皇帝自顧自的說：「這是西胡進貢的夜光常滿杯，專用來盛這酒。若是盛了別的酒，可就糟蹋了。」他停頓片刻，又說：「選材用人，也是這個道理。朽木再怎麼雕琢，終難充棟梁。」

「大公子秉性仁孝，這是陛下的福氣。」眼看皇帝語氣漸厲，黃門緩頰道。

皇帝不以為然道：「能養志才是真孝呢！」

公子顒垂首不語，若在平日，他必要引經據典的辯上一辯。就是這一點，常使皇父不快。然而，即便再三受訓斥，他依舊是拗性不改，否則也不至於在數月前被逐出帝畿。

他知道「子不類父」一直是皇帝對自己的評價，亦是皇帝有所不滿的原因，卻總難做出改變。此刻父親臥病，他不好再逞口舌之快，只是垂手等待指示。

「知道為什麼讓你去帝陵嗎？」

「聖天子的意思是讓臣在列祖列宗前悔過。」

皇帝對這回答未置可否，又問：「知道朕為什麼召你回來嗎？」

「臣……，不知。」大公子確實不明白。當時聽見父親生病，他憂急不已，但此時皇帝看上去尚稱安好，依其脾氣也不是會為小事就輕易改變決定的，因此心中的確感到有些奇怪。「你不總念著為君父分憂嗎？何不看看這個！」皇帝從枕旁抽出一冊簡書擲了過去。

公子顒連忙起身恭恭敬敬的接了，重新跪坐到枰上展卷而閱。

「幾十年了，居然有百姓來直訴，你說這是要做甚呢？」皇帝說。

大公子如墜五里霧中，不由得露出困惑的神色。皇帝對著一旁的謁者說到：「你給大公子講講。」這就得從數天前發生的一件事說起。

※※※

瑬國帝畿的大道上一向繁華熱鬧，唯獨一點使人卻步，即那風起車過時塵土飛揚的道路。在疾風吹拂的日子裡，身上不論穿著何種服色，立時就會變成一身緇衣。

但那並不能遏止某些人的決心。

該日適逢「反支日」，即不宜出行的禁忌之日。這天除了休市，亦停朝參，唯留公車司馬令接受訴冤者的章奏。

瑬國慣例，凡要訴冤，得在宮南闕的司馬門前遞交文書，由其經手轉呈。

除此之外，尚有越區直訴之法，如「邀車駕」，即在天子大駕、法駕巡遊所經處，伏地申訴。今上近年來鮮少出行，馳道上已久不見聖天子的金根車，要循此法，形同守株待兔。

剩下一法就是訴諸肺石之訟。

燊國神羊門前的肺石已有非常久遠的歷史，為人所知的是文帝在此劃下一道界線與樹立的一塊牌牓：「凡有冤者在此訴。」

凡是黔首走入線內，無論何人，不得將其抓捕，並且確保其所訴之事必至聖聽。

除了少數昏君御宇時，肺石曾一度遭到封藏，大部分時間，人們都能見到這塊巨大殷紅的靈石，尤其在聖明之君即位時，為昭雪前代冤屈的，通常會循此道自救。

這是因昏君雖死，不意味著奸官猾吏被沙汰乾淨。在府廷吃過官吏苦頭明虧的不惜荒廢農事，也要上帝畿訴冤。先帝踐祚初期，為平反而來的百姓絡繹於途，幾乎壅塞道路。

隨著燊國國政日善，吏治漸清，前來直訴的日漸減少，近年來更是罕見，幾乎年輕一輩都不很清楚有這樣一個申冤去處。

直訴之法的特異之處在於：若是有冤，原屬官不得干涉。

然而州縣長官轄下有人越級而訟，是相當損傷臉面的事。年終丞相與御史大夫考成時必要落一個惡評。碰上這種事，丟官算小，要是失職情事重大，因而下獄問罪家破人亡的，亦非罕見。

因此官員若預先知道有人要前往帝畿直訴，無不暗地橫加阻攔。

但千防萬防，誰也沒想到還有人在禁忌之日申冤。

那日，就在眾目睽睽下，一個男子站在肺石之旁，把手掌按在石表。歷來傳言，若是真有冤屈，觸及石頭會有異狀，只是彼時道上無人，一切消息都是事後口耳相傳的。據說當時肺石發出一聲低沉而綿長的「冤——」聲，聲聞九霄，直達天聽。

申訴人在呈遞血書後很快的離去，似乎是不敢久留。

血書經司隸校尉、御史中丞、廷尉共同確認後，這卷簡冊因所奏之事涉及皇家，很快的就呈到了皇帝的案前。

皇帝近來把它放在枕旁，一直沒有做出明確指示，如今看來，是打算交給大公子去查了。大公子才讀了數行，就有額際發汗之感。

簡書上說的是件在他降生前的案子。當事人辭世已久，而且曾參與叛亂，是當時朝廷明令誅除的。可問題是下令之時正是盞國皇室爭鬥正狠，國政腐敗的時期，無法肯定是否冤殺，但涉及造反的罪名向來很少有成功平反的，也難怪得血書叩閽了。申訴者反覆強調，認為此案不翻，死者的子孫不寧，望天子能網開一面，宥其過犯。

大公子沉吟許久，始終沒能獻上良策。

皇帝也不去逼他，只說道：「這事外朝辦不了，朕看著也不急，你仔細思量。」又提點他：「畢竟時移事往，人也和前代不無關係，能辦多少算多少吧。」大公子只有連連稱是。

因皇帝還需休養，在接受大公子行禮後，終於放他離去。

※※※

離開承寧殿後，公子顒前去拜見皇后。

置有七輪扇的寢殿中香風輕拂，甚是宜人。

自從祖父匡帝迎娶出身蔿國的景氏王姬後，蔿地諸神祇也「陪嫁」至鋈國來。宮中從此開始崇奉東皇太一與雲中君、司命、司祿、飛廉、屏號諸神。

如今皇后又是來自蔿國的景氏女，自會把這傳統延續下去。

蔿地多香草，崇巫，人們以歌舞見長，大公子至今記得祖母曾吟唱的南風歌，那婉轉的曲調似還在耳畔迴盪：南風之薰兮，可以解吾民之慍兮。南風之時兮，可以阜吾民之財兮。

此刻宮中多事，大公子只希望在夏季南風吹拂前，一切都能平安解決。

近日景皇后一直宿於承寧殿外，在侍候至皇帝病況轉危為安後，才回到寢殿，領著一班宮人，趕製改新火時傳遞用的蠟燭。

改火用的蠟燭以蜂蠟配製香草和秘方，以達到長燃不熄之效。屆時皇帝將以此將新火賜與近臣、重臣，以示殊寵，所以製作時得格外費心。

大公子見母親正忙碌，有些後悔來得不是時候。

皇后並不這麼想，一見到久別的兒子，不勝欣喜道，「可終於回來了，一路可還順利？」

「托母親的福，孩兒一切安好。」「多虧了東皇太一保佑。」雖在鋈國居住多年，皇后仍帶著蔿國口音，在信仰習慣上亦是如此。

二人閒話家常一陣子後，大公子和皇后說起父親的囑咐，為近日無法常前來請安提前賠罪。

「我兒的孝心何人不知，就別介懷了。」皇后想了想，說：「倒是皇上要你辦的事得多留神。他這病來的蹊蹺，說身子呢？春秋鼎盛的年紀，幾年也不曾犯過一次頭疼腦熱；說命數呢？一貫又是愛民圖治，不曾怠政素餐的。」

大公子從母親的語氣中聽出了那麼點不便言明的意思。

若果反求諸己不得，那必是有隱情在。即所謂的「冤孽病」了。大公子對於帝國陳年往事相當陌生，不由得感到棘手。

皇后自個兒也是不甚明瞭。

能做的只有提點兒子：「遇上不懂的，多問問太傅。」

「孩兒明白，還請母親不必擔心。」

「不用過膳再走？」皇后見他欲起身離開忙問。

「蒙皇上賜食，孩兒已用過膳。」大公子解釋。

「既如此，就不留你了，我會向司命禱求，願祂多祐你平安。」

「謝母親。」

恭敬拜別後，大公子匆匆走出宮殿，往宮外而去。

※※※

離開宮門後，公子顒轉至太常寺尋人。

當值的聽了他詢問後告知他，靈巫正在太醫院，轉頭命人帶大公子前去。

有別於地官一系的治民官署種植的三槐九棘，皇廷內的柞樹梧桐，御溝的柳樹，太常所在的清幽官廳種的是桃樹。

桃木一向被視為辟邪之木，除了製成桃符，一般也認為桃樹就是乾坤之樹，易於接近、取悅神仙。在民間黔首的傳說中，西王母就種有這麼一株蟠桃樹。

除了桃木，太醫院還栽植著奇葩異卉，以及各式藥草。

大公子立於藥圃旁，看幾隻蛺蝶、蜜蜂飛舞著，一邊等著靈巫。

不遠處太醫院中庭的一片空地上，正在進行禳除。

一旁的地上有一人以葦索捆著，跟前站著巫者。只見靈巫手捧著一幅帛畫，書符文於空，俄頃，一頭毛皮光潔的金虎從畫上一躍而出。

金虎在病人身旁繞圈打量，並不時嗅聞，發出低吼，如此數回後，一團闇影自那倒地者的身上脫出，漸漸凝聚成一隻野兔的形狀，金虎沒等牠完全成形，就如同撲食般，將牠以爪攫住，三兩口吞噬了。

等大公子回過神來，金虎正心滿意足的理著毛皮，安閒的趴在一旁。

靈巫再次畫符後，牠一躍而起，跳入白帛中，又復原為帛畫中不怒自威的猛獸圖像。

倒地的病人發出呻吟，似乎有了意識。

大公子從病家身上的服色可以辨識出是個藥僮。大約是因其身分才移至此處施治，以防後寢殿的貴人們受到驚擾。

靈巫見狀，吩咐兩個雜役把藥僮扶往內室休息，一面準備與大公子見禮。他收妥了祛妖的器物，走上前來，執笏行禮道：「見過大公子。大公子既貴且富，永受嘉福。」靈巫生著重瞳，身穿玄衣朱裳的公服，頭戴巫冠，腰間佩著一枚玄鳥印，上繫白綬，從頭到腳的一身裝扮顯明了他的巫者身分。

「靈巫君長樂未央。」大公子亦躬身回禮。

公卿官吏間，祥瑞套話總是這樣綿綿不絕，唯恐因失禮虧損朝廷體面而遭御史糾彈。這本只流行於官吏間應酬，內容不外祝賀對方爵祿享用不盡，壽命固如金石一類。只是日久天長，這套話成了定式，就連平民間也如此祝來賀去起來。

靈巫何岐是巫者界的後起之秀，年紀輕輕就入了太學，藝成滿師後以材茂行絜選為太史待詔，後任太學的醫院禁呪科助教。

在原先的皇室首席靈巫年老歸鄉後，何岐經太卜博士推薦而遷任皇家家巫，遞補空出的家巫之缺。工作主要是掌皇族顧問應對，專司皇家天文曆算、龜筮、占夢等事宜，並主理帝后皇子的解謫除殃與排禍銷讒，宮中如女官、宮娥、黃門等，遇上需禳除禱解時，也由其處置，並不用去管外朝之事。

溗國官僚分經天之官與緯地之官。經天官掌術數；緯地官掌治民。

緯地官可由地方舉薦或中央選任，經天官則須由太學一路培育，因材施教，比方陰陽科需博通《五行志》、《鄒子書》、《陰陽策》，曆算科需得精治《周髀算》、《九章算》、《律曆數》，天文科試《金度玉衡書》、《五星占》、《廿八宿經》，若是欲旁涉醫術還得另治《黃帝內經》、《靈樞》、《素問》。

能擠入太學的已屬英奇之人，自其中拔擢的更是表表者，光是能在群生中脫穎而出，就證明了己身的超凡卓絕。再通過策試並出任官職者，那更是萬中選一的幹才。

特別是太學甄別之試向來以刁鑽著稱。

策試時的算籌、蓍草、龜甲獸骨皆預先施咒，若是不得其法，犯錯超過了次數，當場即告朽壞，自然是無法通過考驗了。策試不過，一律賜與錢糧，令其歸家。

通過者則自此踏上宦途，成為國朝中流砥柱。

此時大公子正暗自慶幸父親的慧眼獨具，將這麼一個人才收為己用。以自己身分，結交外官容易遺人話柄，埋下隱憂，若自己一個人埋頭摸索，此事對他是生澀又棘手。能有這樣一個人協助，想必一切能迎刃而解。

況且何岐家中曾出數位官吏，熟悉宮廷規矩，絕不會犯下「洩露禁中語」這樣召禍召辱的過錯。

靈巫與大公子將事件耙梳出脈絡後，認為要先釐清當時的來龍去脈，整理須平反者的名冊，再擬定赦書，恕其往愆。

兩人商定後，因各自還有外務，便打算擇日再會。

「我還得先見過師傅。」大公子道。

兩人行禮拜別後，分頭離開。

※※※

溹國自建立以來，一直任用明法與明經二系出身的官吏執政。太祖以「徒善不足以為政，徒法不足以自行」為心法，任官取人皆以刑德兼備為原則。接下來數代皇帝大抵遵此道而行，只是有的偏好申韓之術，有的好用孔孟之法，稍有所差別而已。輔佐公子顒的太師太傅也分別從二者各選一人，太傅劉廣國即是明法出身。

「暴雨不終日，飄風不終朝。」

數月前劉太傅在送大公子離開帝畿前曾如此表示，如今他歸來是意料之中，因此見到他時並不特別訝異。

兩人在太傅的書房密談皇帝所交辦之事時，太傅一如以往的默然深思。

大公子一面等待著，一面看著書房的擺設。

房中一架屏風上書的是《大戴禮記》中的〈保傅篇〉，太傅用來時時惕勵自身為人師表的重任。

大公子轉移視線，見到另一牆面上懸掛著一幅巨大的帛畫，乃是出自《淮南鴻烈子》的〈墜形訓圖〉，上頭繪著六合、四極、八柱，九州、九山，九塞、九藪以及海外卅六國。

原圖繪者鴻烈子乃本朝宗室奇人，長於天文地理，平生酷喜讀書，尤好黃白之術，在鑽研多年後，成功煉製不死丹藥，飛升而去。這說法為一些飽讀經書的大儒斥為無稽，認定他是在戰亂中身故才下落不明。

但此種「高見」未獲百姓們的認可，只換來「儒生迂腐」的譏刺。

在經過長考後，太傅提及，國史上記載廷議曾爭辯過這一事，當時就有人提出當年造反案可恕，可惜終為丞相擱置。箇中細節，並不很肯定。

大公子本不預期事情能速解，拜謝太傅後即離去。

※※※

在戒晨鼓播完百響前，整個帝畿已告完全甦醒。

朝廷根據古籍所言：「鼓以動眾，鐘以止眾。」訂下在早晨擂鼓，黃昏撞鐘的規矩。

這戒晨鼓傳說是用剝下的夔牛皮為面，雷獸骨為槌，特意打造的。敲來聲聞十里，連西京、東都也為之震動。

擊鼓鳴鐘的時點乃由太史寺的晷刻博士參照日晷與水箭漏刻而訂，一月二校，分別在逢朔日與望日之時校準，至今未曾出錯，百姓們更是以此為一日行事的參照點。

這才一早，百工們紛紛湧入市集，開始為一天的生計忙碌。

大公子和何岐約在旗亭，看著流水般的人潮，感受著市肆的熱鬧。

因上回兩人分頭去查閱、徵詢之後無甚進展，便決定先前往消息為流通市肆走走，一方面散心，一方面激發靈感。

市場在卯時開市，申時閉市，從早晨至黃昏，人潮不斷。人人摩肩擦踵，顯得相當擁擠。加上市中賈人以「商家之宅，宜西出門」的道理皆向西開門，各家又有姓名五音配方位的講究，因此店鋪各自座落，顯得錯綜複雜。這讓從未踏進此地的兩人，數次險些給人沖散。

兩人還在忙於認路時，忽聽一串鈴響傳來。

大鴻臚下的值丁搖著宣告文事的木鐸，沿著街道巡行，報示著不多日便是寒食，要百姓們提前預備冷食，如柳花粥，胡餅，供斷火期間食用。並且諄諄告誡，近日柳花逐漸飄飛，對於煙氣要更加留心，以免遭了火神之災。

官方規定寒食節為期三天。

在斷火三日中，司烜郎要挨家挨戶確定黎民們沒有點燈燃燭，未升火炊爨，會一一巡視廚下，把纏著雞羽的竹杖探入灶中，以覈定是否確實禁火。若是查出星火未熄，該家將受嚴懲。

民居只停火三日，煉礦、冶鐵則要暫時停工，得到入秋後才能鑄造金鐵兵器。這一切繁瑣的措施都是為了令更火順利。

在時節變換之際，全國上下由冬季焚燒的槐木檀木改為由榆柳之木取火，以順四時之氣。鎏國的老祖宗深信，更火一個弄不好就會惹怒上天，引發時疫，故而格外小心翼翼，在某些傳統保存悠久的州縣，甚至會斷火禁炊近一個月。

趁著值丁走過開出的通道，兩人趕緊往寫著卜市的方位走去。在走往卜市的路途中，得經過鮫人織績的鋪子、西域的胡商的攤位、各式賣藝人的奇技表演處，諸如：跳丸、飛劍、弄矢、吐火、幻術、履索、旋盤。無一不是人群聚集處。

等兩人費勁的走到俗稱卜市的方術街，已是滿頭大汗。在市場二十四條街中，其中一條極為著名的就是方術街。此地卜肆輻輳，散發出神祕的氣息。說好聽是奇士薈萃，高人雲集，說的直白些就是龍蛇混雜。

市中卜人與一般商賈儘管不同，仍由市令、市丞監管，有事才轉知太常，因而管束上有許多漏洞。

鎏國開國之初，長年是「街巷有巫，閭里有祝。」巫祝深藏在坊里民居之中，直到光帝年間，才命其遷於此處，以便集中管理。

在官方文書上，此處人一律通稱方技家，事實上種類十分繁雜，兩人一眼望去，就可看到各式店旆，上頭書明各種頭銜如：「相工、日者、律曆家、建除家、叢辰家、太乙家、五行家、堪輿家、天一家，還有如風角家、五音家、刑德家等等，不一而足。」

其他不公開告示的如方項氏、望氣士、解土師、房中家之流亦族繁不及備載。

公開執業者必須經過太史左丞重重查考，依太常所頒之法卜筮，案驗準確與否，才能獲得資格。當然，自是有那恃才之人逞能，暗地以獨門秘法攬客，不畏占驗之術有違常法被查出會遭受褫奪符牌、終身不得執業的懲罰，頻往險中求財致富。

沿途所經店家，多在木牘上用朱砂寫著自家擅長的術法，顯得相當觸目。大公子正看得眼花，忽見靈巫頻頻對自己示意，順著眼風望去，一個熟悉的身影映入眼簾，看起來是多月不見的幼弟。

大公子的幼弟公子顳因生母早卒，交由皇后撫育，和大兄公子顓處過不算短的一段歲月，直到兩人相繼到了志學之年才分開。自從開始讀書後，因交由各師傅指導，漸漸見面少了。

弟弟身為理應規行矩步的天家人，嚮往的卻是遊俠們鬥雞走犬的放蕩不羈。

然則皇廷一向忌諱遊俠與豪強勾結，凌暴百姓，視其為墮損朝廷威信的心頭之患。

幾任京兆尹都以鐵腕聞名，為整治帝畿風氣，不惜大興獄事，血染東市。

數次嚴辦游惰不治產業者，幾輪打擊下來，「京中惡少年」這個一度曾人人上口的詞，已幾乎不存在。

公子顳是個閒不住的性子，朝廷禁令並沒有減少他結交友朋的興致。當他發現市場這處寶地後，很快的轉與市井之徒交遊起來。

大公子沒想到他在此處，正尋思要找他好好談上一談時，沒想到弟弟已經發現了他們。佔得先機出門喊道：「阿兄，您怎在此處！」

這一聲喊得極響，引得店鋪的主人出來查看。店主這一探頭，大公子就與他朝相上了，只這一眼，大公子立即感到此人不尋常。

此店主人年約三十許，生著一雙鹿眼，臉龐上一股不合身分的書卷氣完全遮蓋了這行常有的銅臭和裝神弄鬼的流俗習氣。

公子顜立刻替兩方介紹起來。

在店主明白諸人關係後，開口邀請道：「既然是友人至親，還請入內一敘。」

店主將人延至後廳，並陪著閒談，話中解釋自己是暫時僑居此處，靠薄技謀生。

大公子原先還訝然於他的身分，在聽他開口後，頓時明白了七八分。

此人口音之雅正，直追帝畿百姓，恐怕是下了好一番苦功又拜了明師方才有這般成就。在帝畿，沒有比操一口純正的「雅言」更助於飛黃騰達的方法了。那些個從地方為朝廷徵召的孝廉、茂才之士，無人不為此痛下苦功。

美中不足的是其中幾個字詞吐音顯得老派，除了年近耄耋、髮白齒搖的老翁老嫗，一般常民早已不那麼說話了。這也是從簡書上學它方語言的弊病——永遠拾的是過時的牙慧。

主人和客人還在寒暄，店鋪的厚簾一動，一個清秀的少年鑽進來道：「店主人，外頭又來了幾個客人，讓您快些出面呢！」

店主向眾人示意失陪後，往前頭快速走去。

「大約是來請符的。」公子顜猜測。一邊對兩人誇起此店。

二人聽了公子顓的話才知道這戶是近來炙手可熱的呪禁家。

舉凡小兒夜啼、夫婦勃谿、家宅不寧、碩鼠肆虐等疑難雜症，都是符到問題除。三人坐了一會兒，見店裡人越來越多，唯恐打攪生意，託辭尚有要事便要告辭。

店主似乎深感失禮，頻頻要三人務必再來訪。三人離開一段路後，公子顓才暗地告訴他們：其實那人能治的還是「蟠龍瘡」。

誰都知道病十分難治，只要身上的病灶繞身一匝，必死無疑。病人患部會生瘡如鱗片一般密集，沿軀幹螺旋而生，因此以纏繞在柱上的蟠龍為名，雖起了這個吉名，一般人可一點也沒覺得有什麼不同，照樣聞之色變。

醫書上至今只記載一個法子：斬。而且必須得請伏龍劍方能斷根。

伏龍劍乃傳說之劍，由吡鐵獸九次精煉，再百鍛而成。吡鐵獸則是一種奇獸，只要飼其生鐵，經過牠那肚腸煉製後，排出的精鋼鍛製的兵器可謂削金斷玉，惟成品奇少，歷來只有在天子的武庫才得見，還是殘缺不全的，刀槍劍戟都湊不成套，據說不少是在內亂時期遺失。靈巫因而對此十分好奇，問公子顓是否曾親眼見過該劍。

「這我也不清楚其中底細。事涉機密，不好胡亂探問。且我曾經允諾過，須得是相熟的親友才能引薦給他。」

「那可真是位異士。」

「他遊於九州，邊販貨，邊賣符咒，我猜賺得不少。」

「天下之大，真是處處有奇人。」三人邊閒談，邊野逛。

直到公子顢聽他們說要找孤本善本一類的書，便說起一家書鋪，說那兒無論是朝廷禁燬的「妖書」，不肖兒孫盜出變賣或抄錄流出的稀世秘本，異邦的天書，都能找得到。

大公子本就抱定今日專逛市集，便允了弟弟的提議。「就是這。」似乎怕二人沒看出來，公子顢將書鋪指給他們。

那的確很難讓人認為是店鋪。

除了無告示，只掛著一捲破竹席權充為門，屋頂看起來年久失修，有被風吹垮之虞。書鋪門前倚著一條陳舊的紫竹杖，杖上懸著一個赤色葫蘆，葫蘆上繫著的五色絲線已然褪色。

大公子在門前觀望一會兒，從窗戶隱隱可見裡頭堆疊著許多竹簡。可始終沒有人出來招呼生意。

「看來是撲了個空。」

「這個嘛……」公子顢想了想，拿起竹杖把葫蘆晃得像打鞦韆一般，不一會兒，一道酒泉似的光從壺嘴中噴出。

眾人只感到眼前一閃，面前已多了一個老叟，他一面打著呵欠，一面唸叨：「唉唷，好不容易打個盹，還沒躺安穩呢，就把老夫吵醒了。」

「晝寢可不是什麼光彩的事啊！」公子顢消遣他。

「你個小豎子到我這年紀可就知道了，得一日安眠多不易，唉……」

「您這樣可怎麼經營生意啊？」公子顓奇怪的問。

「我何嘗不希望生意興隆，可惜你國人太無向學之心，多少浩如煙海的智慧藏在這竹片中，竟無幾人識貨。每日開市，那些傻老百姓不是只知裝神弄鬼、問卜求神，就是往那食肆中鑽去，吃得腹凸腸肥，何曾想過往腦中添點料呢！」公子顓得意道：「這樣您今天可撞著寶了，我們就是來淘書的。」一面介紹，「這是我大哥和他友人。」

於是兩方客氣地相互引介一番。

壺公自稱遯翁，是書肆的肆主，在市中開張已有數十年，少年時意外從古本中的方法修煉成縮體入器的功夫。

他每日開市坐店，閉市後鑽入葫蘆之中，相當逍遙。

眾人好奇他住葫蘆中是否狹仄，遯翁又開始大發牢騷：「帝畿的地皮都快趕上瑤池了，老夫又不是出身戚里的貴人，哪住得起！」

「我就賣幾卷書，這市正還老上門察這察那的，客人一看這朝廷瘟鬼，更不敢上門了。」

「您是不是偷賣什麼不該賣的，讓人舉報了？」

沒想到公子顓這話又惹老人不快，質問：「你小子什麼意思？」大公子連忙岔開話題，問起數十年前的官文書記錄。

這些天他查閱時才發現，蘭臺石室的文書不齊。

除了早年經過兵燹破壞，戾帝在位期間國政紊亂腐敗，許多文書未能善加保存，加上奸臣又著意銷毀，如今有許多書卷下落不明。據說還有一批無關機密的文牘，竟被偷偷轉賣至坊間，只因官府用的是會稽之竹，品相絕佳，人們來買了去重新削平，再轉手又是一注錢財。至於終下場，或是成了柴禾，或是成了廁籌，誰也不知道。

「怎麼這陣子好古之人多了起來？」

大公子聽他這麼講，忙追問道，「老丈何出此言？」

「噢，就前幾日，我才賣出一批。」

「賣了！」

「我這邊的貨裡，戾帝年間留下來的本就少，有些又是蟲蛀簡，這樣的客人，自然是得趕緊捉牢。」

「老丈可還記得那人？」

「人？我看那樣子，可能是只修煉成精的妖物。」

老人回想道：「總在閉市前才匆匆而來，還老著打傘，必是怕日頭。」

「不過話說回來，連妖怪修成人都還有如此向學之心，那些個不求長進的廢人，是不是該感到慚愧？」

眾人只得點頭稱是。

在確定遯翁手上並無文書複本後，三人意興闌珊的離開。

公子顢還忍不住嘀咕：「這老蠹魚自己煮字療饑不嫌酸，倒要大家都跟他一樣。」

一計不成只得再生一計，他們把主意打到了雅好收藏珍本秘本的穆陵侯頭上。

「此君從其祖父那代就號稱府中藏書破萬卷，如今想必更是可觀了。」

「只是他素性狷介，眼高於頂，不輕易與人交結，恐怕得尋個正當由頭才能找上門。」沒想到公子顓一聽，直呼容易。

「這個不難，只要請出一人，包管能行。」公子顓意有所指的笑道。

「你可別說是皇上。」大公子深知弟弟愛打趣的個性，出言道。

「當我說笑呢，是宣平媛！」

聽到表妹之名，大公子登時瞪大了眼睛。

烝國貴族女子名號未嫁從父，出嫁從夫。並不隨便以姓名為稱謂。比方宣平侯之女南蘋就會因著父親封號被稱為宣平媛。

公子顓見兩人顯然不知，便熱切的將前因後果解釋起來。

※※※

這就要從上元節說起。

烝國平日嚴格實施宵禁，一到黃昏，鐘聲聲聲催促，一過了酉時就不得在外行走，金吾衛巡視街道，並將城門關閉，抓捕無故夜行之人，執法可謂六親不認，就算三公求情也奈何不了。

因此，沒有宵禁與金吾衛斥罵的上元節，是一年難得的佳日，人人結伴上街看燈，直至深夜才打道回府。

一年中的這一天，穆陵侯也不能免俗的應景湊趣，與人同樂一番。誰曉得就讓他撞上了宣平媛。也不知前因後果到底如何，一個虎賁郎那天非常驚訝的看著平日嚴肅的穆陵侯與一個華服女子說著話，臉上作神魂俱醉之態，簡直像變了個人似的。

公子顓與虎賁郎們一向熟稔，自然也就輾轉得到了這風聲。

「這也得蘋妹樂意才行。」大公子道。

眼看天色漸暗，三人趕在閉市前走出，以免碰上洶洶人潮。公子顓唯恐回去後要受大哥管束，趕緊趁著這時機溜之大吉了。大公子一時沒法顧得上他，只得望著他背影興歎。

「讓他去吧，公子你還有得忙呢！」何岐提醒。

大公子點點頭，思考起接下來的路。

※※※

大公子在隔天造訪宣平侯府，求見表妹。

沒想到姑母宣平公主面帶憂色的說：「她恐怕沒法見你。」

大公子一問，才知道表妹似乎是近日衝撞了路神，心神有些不寧，正在休養。

碰上這事，他也只能祝願表妹早日好轉，然後硬著頭皮去見那穆陵侯。

大公子在穆陵侯那受到了隆重的接待。

穆陵侯身穿雲雷紋的衣袍在正堂接見他。堂內鋪著桃枝席，楠木案几上置放著六博，旁立青玉五枝燈。

女奴奉上食案，呈上黑漆朱繪的君幸酒紋樣酒器。

「這是醇和麥釀製的新酒，還望合意。」

「謝君侯招待。」

兩人言不及義的談著歌賦樂舞，直到大公子挑明來意。

誰知穆陵侯一聽他提到皇帝，登時神色慎重，正襟危坐肅然道：「聖皇受命於天，此刻不過微恙，人食五穀，焉有不病之理，今上仁厚英明，必能早日痊可。」語畢，再不多說一個字，顯是不欲多聞天家事。

大公子不禁懷疑，要是自己沒把話打住，他是否會學隱士到河邊洗沐雙耳。

「父親之疾有太卜、太史、太醫在側，自是無庸多慮。」大公子說，「只是身為人子，我有意以此事為父親積德分憂。」

穆陵侯聽他轉了話頭，神色稍和，說道：「誤會了君之來意，是我失察了。」並捧酒賠罪。

大公子連忙推辭，並欲再作解釋。

穆陵侯擺手道：「君不必多言，關於此事，在下有一人引薦，您以為如何？」

※※※

「見過君侯，見過大公子！」

一頭白澤，或者說一個有著白澤形貌的人出現在堂中時，兩人連忙起身迎接。

這白澤是傳說中之神獸，除了能帶來吉兆，本身還識得天下妖物與許多荒誕之事，可說是神鬼精怪方面的博士。

乍見瑞獸以人形現身，大公子客氣的說：「白澤君稱我伯孚即可。」

「大公子禮賢下士之名，下走今天可真是見識了。」白澤笑道。

「聽穆陵侯說你有難解之疑？」

「是的，我欲恕一批亡者之罪，卻不得其法。」大公子於是將事情簡要的敘述一遍。

白澤想了想說：「這也不難，就是有些繁雜，等會兒我把科儀寫給你，照辦即是。」

「謝神君相助。」

「我在穆陵侯這混吃混喝，照你們說法也就是個『食客』，幫著辦點事算不了什麼。」白澤搔首道：「只是你們肱族的官府一向多事，這就不是我能懂的了。」

「這自是我份內之事，不敢有勞神君。」

大公子連日來一直沒能找到當年處刑者的名冊，心中因此相當愁煩。

「大公子何不調閱稅籍簿」穆陵侯突然發話。

「即使是興兵造反，十四以下並不論死，而本朝七歲之兒即必須納『口賦』，以此反推，庶幾可得。」

※※※

大公子和何岐說起這個提議，打算商量可不可行，沒想到他拍案叫絕道：「穆陵侯真高人也！」大公子還在擔心稅籍簿是否也丟失，何岐馬上打消他的疑慮，說：「這您可有所不知了。」原來朝廷為了徵稅，年年案比。

「戶口上虛報低報年齒的得查，漏報兒女的得查，逃往外地的也需一一揪出。人手不夠時還常抽調太學中的卜生幫著卜算這些人藏匿地點呢！」

大公子雖然知道本朝人逃稅困難，親耳聽見還是瞠目結舌。

兩人至戶曹查閱，果真還保存著當年的簿籍。在兵荒馬亂，烽火連天的年月，仍孜孜不倦的收稅，也難怪不出數月在位者迅速傾覆。

在官署辦妥了沿途經過關口津渡所要用的符傳後，大公子與何岐簡單收拾了幾樣行李，旋即上路。

※※※

兩人在傍晚來到了已成荒地的納縣。

此地驛亭年久失修，在這人跡罕至的寂天寞地中，更顯得荒涼。

雖然亡魂無數，卻幾乎不曾有鬧鬼的傳聞，世人皆說不辜之鬼作祟起來凶厲，在大公子看來，帝國的隆刑峻法可能還是贏過一籌。

驛卒恭敬的接待了兩人，唯獨近年來朝廷嚴禁無正當名目以國帑宴飲，無詔書寫明事由，不得以酒食招待。

兩人皆知此規，預先自攜糗糒，向驛卒借甑蒸煮，草草打發掉一餐。

自從進門後，驛舍一角始終有動靜。

驛卒解釋道那是個無害的鬼魂。

何岐心下好奇，燃了一束明莖草，數縷輕煙後，眼前出現一個老人，正在驛舍中打掃。

驛卒說那是在他數任前的驛卒，肉身雖死滅，其中一部分魂魄卻還勾留不去，日復一日的在此服事。儘管歷任驛卒乍知之時有些駭怕，因他到底不是疫鬼，便不曾請人將其驅走。

「這位老人家在此有多久了？」何岐問。

「從三任前就在，確切年數要說起來，還真沒人知道。」「說不定他知道些隱情。」何岐悄聲對大公子說道。在得到許可後，何岐打算以術法來詢問此鬼。

由於鬼不具形體，他以一段桃枝在沙上書寫作為回答。老鬼的說法中提到一位封地在此的皇子。而此地居民曾受公子之恩，每逢五穀不登，他動輒免去二年田租，因此人人深念皇子的仁惻之心，在他薨逝之時，幾乎家家戶戶為他服喪穿孝。後來聽聞他是被謀害的，大家都十分義憤，後來有人打著皇子的名號起義，眾人想也不想就丟下鋤頭，義不容辭的奔赴戰場，只是最終還是不敵朝廷軍。至於下場，就如大家所看到那樣。

老鬼在知道二人來的目的後，激動的表示：

「聖皇的恩德浩蕩，總算能讓這些義民安息。願皇上聖躬永康。」大公子暗想，但願如他所言，此趟回去能見到父親康復。

國朝舊例：每逢天災朝廷便清理冤獄、頒賜赦書。

歷來刑名家中的有識之士反對寬免獄中兇犯，認為輕易釋放之後反而殘害百姓，也墮國朝律令之威。儒生們則反對一味殺伐，認為寬刑並加以教化才是治民之理。

雙方廷議時爭辯不下，經多次折衷之後，方改為赦免亡靈之罪愆。

民間相信，若亡者以帶罪之身下葬，死後經過岱嶽府君發落，在地下仍得服苦役贖過。因此死前多向府廷納幣，求一卷赦文，好自贖往日孽行。希冀罪過身死而止，亡魂能就此安息。

據說地下的日子比人世長久，因此考究一點的還會以買地券、鎮墓文、魂瓶、僕役俑下葬。

買不起赦文的也會購置幾個代為受刑的鉛人同埋。

但罪大惡極，被朝廷處死的就無法顧慮這些了。此地之人則受到最嚴厲的鎮壓。

朝廷除由朝中博士祭酒親撰詛文，在此勒石為碑，譴責不忠不孝外，另立梟鳥與破鏡獸石像，則暗示這些人性惡如梟鳥與破鏡獸一般，忘恩負義，連父母也食。

死者皆以屈肢葬，並埋入牡荊，務求震懾不法，以收戒惕之效。

在這一切作為之後，更將數千戶生民徙往他方，必將這股勢力斬草除根方休。

如今，舊址只剩一片荒煙，黃土下埋著枯骨無數，他們曾經存在的血肉，都化為泥壤，滋養了蔓生的野草。

春日的黃昏雖也帶著些微寒意，卻不該有這樣的冷風，彷彿不散的陰魂還戀戀不捨的在原地徘徊遊蕩，不願相信這人世已不再屬於自己。

※※※

何岐在聽過老鬼陳詞後，打算再向他人求證，這回找的是地下之官。

他在齊人高的草叢中找到了一個墓地。那是個建築俱全的墓園，包括牆垣、神道、石像、鎮墓獸、假池、墳頭以及祠堂。從碑文可知，這位死於任上的墓主，卒年在那場動亂之前。因其曾任官吏，透過追封將他立為此方地下長官，使其管理諸多野鬼。

兩人在子時來到此處，好能配合地下之人的活動時間。

何岐依序點燃墳中的幾盞燈，待磷火似的青光一一亮起後，他喃喃念道「蒿里召兮郭門闋……」不多時一曲哀樂由遠至近，由微而響，大公子聽了幾句樂辭，才知是〈薤露〉。那淒清的謳聲唱著：

「薤上露，何易晞。露晞明朝更復落，人死一去何時歸！」

隨著歌聲漸歇，墓地竟逐漸明亮起來，兩人發現四周的景物已非，原本的墓地已變得如官署佈局一般。

他們正要入內，把持入出口的差役正色道：「刀劍的戾氣恐驚擾了亡者的安息，還請卸除再入內。」

亡魂的世界自有其規矩，陽間位高者如二人也只得乖乖從命。

稟明來意後，兩人在官廳中等待主塚司令出現。

何岐暗暗數了數這堂內的設置，門、窗、樑、柱與臺階都照營造工法的冥宅樣式築成，數字全是二、四、六、八這樣的陰數。

沒多久，一名渾身充滿森然之氣的官吏到了堂上，他左襟壓在右襟之上，腰懸印綬，頭戴白冠，除了氣色慘沮，神情陰冷，堪稱相貌堂堂。

大公子恭敬的向他解釋來龍去脈後，呈上欲贖之人的名冊，那官面無表情的點點頭，指示下頭的幾位塚丞、塚令去處理。

過了一會兒，幾個兢兢業業的小吏合力抬來了數箱木簡，他們耳上簪筆，腰掛小削，與生人的打扮幾乎無二。

塚中司令取了其中一卷目錄瀏覽了幾行，隨即從中熟練的抽出欲查閱的卷數，看起來對一切瞭若指掌。

等他從卷宗中抬起頭來，卻說：「名籍上並無此人，或者說即便曾經有，現下不在了。」

大公子忙問：「敢問是何人何時贖走的。」

那司令看了看，答道：「註銷不久。」

再查看了幾卷確定無誤後，這位地下長官表示，名冊上的人皆脫罪籍了。

「至於是誰來贖買的，這可就玄了。」

他做了個手勢，旁邊便漂浮來一面鏡，上頭出現了影像。

仔細一看，可看出是個土偶人正在焚燒契券。

「也許是贖買之人嫌辦這事穢氣，才派這團泥來。」那塚中司令見怪不怪的說著。

獲贖的亡魂多前往蒿里居住，成為自由之魂，誰也不許隨便打擾。

地下長官勸解兩人，說雖然白走這一遭，但省了一大筆錢還是很划算，便讓墓左墓右將兩人請回。

地下官府消失後，兩人站在墓園中，看著升起的朝日，心中充滿了疑惑。

※※※

既然事情已解，他們即日啟程返回皇城。

回宮後，大公子不無失望的發現，父親依然寢衽。

去太史太卜那問了，也沒得什麼良策，只得悒悒回府。

此去看來是徒勞無功。

大公子有些犯難，難道是一開始就走錯了方向？正苦思之際，家撲通報他：穆陵侯求見。

穆陵侯竟然不請自來，這可是件奇事。大公子此時無暇感慨，只是讓人盡速引見。

一見到他，穆陵侯劈頭道：「宣平媛情況不好。」兩人也顧不得禮數，匆匆往宣平府而去。

※※※

姑母看上去有些倦態，不復往日風采。

她愁煩的說起女兒怪異的病勢，說已讓人向皇后那通報，讓宮中派女巫來看。

大公子還沒摸清是怎麼一回事，宣平媛的貼身侍女青絲拉著一個女子的手慌慌張張的跑了進來。

那女子見了這許多人，有些露怯，遲疑的行禮道：「見過宣平主。」宣平主急道，「這時還管這些做甚，快讓她去看人！」於是一群人齊往宣平媛房中去。

女巫進去不久，一臉憂急的讓人趕緊備好祓褉的用具以拔不祥，府中人本就惶惶不，此刻更是亂成一團。

終於，在一切安頓好後，婢女把宣平媛扶了出來。

女巫在水前投下一物，念了幾句咒後，幫著把宣平媛扶到水中，沒多久大公子只見水紋流向忽改，變得混濁不清，他隱約覺得有異時，宣平媛如同陷入一個坑似的直往下墜，消失在眾人眼前。跟著是一雙手自水中伸出，將一旁女巫往水中拖曳，水面出現了一個漩渦，不停的下捲，只聽得水聲隆隆巨響，彷彿從極深極遠之處傳來。

眾人六神無主之時，靈巫帶著一個女巫趕到。

「這是怎麼回事？」雙方不約而同問道。

何岐解釋道，因要取身毒國幻師的寶鏡，兩人才耽擱了時間。

「那那個女巫是哪來的？」

「什麼女巫？」

「青絲帶來的那個。等等，青絲呢？」

眾人一聽，才發現事情不對，但哪裡還找得到什麼青絲。

※※※

宣平媛南蘋身穿菱紋綺裁製的襦裙在屋中四處走動，即是雙腳踏地，仍覺得很不真切。

這水碧沙明、珠宮貝闕的天地，疑是龍宮，可又沒有自己在此的理由。

這房裡點著龍膏燈，博山爐中焚著龍涎香，窗下置著玳瑁床，上垂冰綃帳。

一旁桌上的梳篦奩上嵌著螺鈿拼成的三魚紋，髮飾似是魚骨磨製的。

房中擺設中她只認出屏風上的文字是通行於湖海江河流域的魚篆，若說到上頭的文字，也只有大鴻臚的譯官才明白上頭寫的是什麼了。

正思索時，一個女僕前來將她請至會客的廳堂。

她一進去，便見那女巫換了裝束，立在一旁。

她不禁上前質問：「妳到底是誰？為何把我弄到這兒。」

那假女巫被她咄咄逼人的語氣一嚇，竟跳入屋中一個大缸。

南蘋先是愕然，往缸中查看時，只見一個巨螺在其中，除此之外什麼也沒有

「螺女被妳給嚇回原形囉！」

一個陌生的聲音在她身後響起，南蘋本能的執起紈扇障面，只露出雙眼睛打量來人。

那人見她孤身在此，忍不住問道：「敢問吾王呢？」

南蘋一語不發，那人也沒再問，雙方面面相覷，俱無一言。直到一個臉色陰鬱的男子走了進來。

他頭戴九旒冕冠，身著龍紗袍，腰上環著貝帶，流露唯我獨尊的氣派。「我大槃國今日能請得邑君，實不勝榮幸。」那人客氣的對宣平媛行禮，並恭敬的以「邑君」相稱。

「貴國的風俗真是奇異，用這樣的法子邀請人。」

南蘋的話並沒有改變他的態度，那人道：「冒昧將邑君請來，實感歉然。祖母一直希望能見見娘家的人，只是出於諸般阻礙，總不得法，事急從權，還望見恕。」南蘋露出的眼眸閃過一絲懷疑，「祖母？」

「寡人祖母姓景，是蔿國王女。」

「敢問是哪位外姨祖母？」

蛟王解釋道：「令外祖母與家祖母是孿生姊妹。」南蘋想了想，似乎有這麼回事，卻不能肯定。

「時節即將轉入夏季，祖母這時又抱恙。寡人本想親迎邑君來此，可惜路途迢迢，過於費時，只有如此。若是此番得見親人使其病況好轉，自是極好，若是有不測之事，祖母也可了卻一樁心事，不致抱憾。」

「既是如此，你也該遞文書向我國朝廷說明才是。」南蘋不解道。

「邑君這話可難辦了，你我兩國不通音訊多年，一直未能重修舊好。若非如此，也不必出此下策。」

南蘋也不深究，家國大事她一向不很上心，只是換了個問題：「還有，你怎麼找了我？外祖母的親族可不只一人。論起來，家慈才是更合宜的不是嗎？」

「令堂常出入宮禁，蔿國方術士能人輩出，宮廷又是重地，留下蛛絲馬跡啟人疑竇，不免有打草驚蛇之慮。」

「原來如此。」南蘋無奈答道。「看來你們籌畫得挺周全啊！」

蛟王沒理會她口氣中的諷刺之意，懇切的說：「祖母思姊心切，還望邑君多寬解寬解，慰其老懷。」

「這我理會得。」

蛟王見她猶面色不豫，只得出言道：「邑君且息怒，待此事終了後，寡人一定好好賠罪。」

南蘋見他樣子忸怩，語氣生硬，受冒犯的惡感不增反減，想來他這一生還不曾低聲下氣求過哪個人，說到底，也是出自一片孝心。

嘆了口氣解釋道：「我大盞國人一向敬老，外姨祖母又是我尊長，我豈能失禮。」蛟王聽了此言，忙道：「如此是寡人以小人之心度君子之腹了。」南蘋與他話不投機，苦笑了一下作為回答。

此時，宮人前來稟告，說王太后此時醒來不久，正在梳洗，恐要半個時辰後才得會面。

兩人無奈，只能乾候。

半個時辰後，在數頭燈魚的前導下，眾人來到魚藻宮。

堂上一個高梳瑤臺髻的貴氣婦人，端坐在茵席上，這就是太王太后了。

她人雖在病中，卻仍堅持正裝會客。也許就是這樣的硬氣，讓她獨力撐持大局，撫育兒孫，還能將國政理得有條不紊。

南蘋依禮拜見後，那婦人連忙要她上前，看了她的容貌後，不住嘆道：「真像，真像……」因兩人除了血緣，並無其他交集，只能談些空泛的話題。

說著就繞回了太王太后的病上，「寡人曾重金懸賞回春妙手，後來有一雲水商賈獻了一張海上仙方，服用過後，祖母一度好轉，只是此人行蹤不定，本約好了近日再至本國為祖母送藥，詎料約定的時日已過許久，至今不見他的鬼影兒。」

「死生有命，富貴在天。今兒能見到姊姊的外孫女兒，老身已了無憾恨了。」

「祖母往後見外甥孫女的機會還多著呢！」三人正說著話，突然外頭傳來幾聲異響。

南萍正覺奇怪，卻見蛟王以眼神示意她別管。

不久，蛟王藉辭有事未辦，離開了魚藻宮。

蛟王一出宮門，一個侍衛連忙上前來，方才就是他吹了海螺笛打暗號將王喚出。

蛟王一皺眉道：「有敵入侵？」

那侍衛向蛟王低聲報告道：「應是鋈國上門來索人了。」

「這麼快！」

何岐在用寶鏡照出術法所造的甬道後，決定與大公子前去探看，吩咐剩下的人幫忙把守。在潛入數丈後，大公子忍不住說：「此地道水氣甚重，需得以離火術，破破這濕氣。」

「不可！」何岐連忙阻止。「寒食禁火，你忘了？」

「怎麼這般湊巧！」

要是讓太史發現犯了改火禁令，少不得要詣廷尉。

「若是近來國中無事倒好，若有事，恐怕不是牢獄之災就能打發過去。」大公子嘆息一聲，只能忍耐著繼續前行。

替蛟王捉來南蘋的幻術師蜃卿指著一面琥珀鏡上的顯影對蛟王說：「就是他們。」

蛟王看著兩人在甬道中正往國中而來，沉吟許久，終決定道：「到出口去等吧！寡人看他們可能撐不住。」

果不其然，何岐與大公子走出通道時，只感覺自己突然讓一個浪頭迎面重擊，接著就雙雙倒了下來。

※※※

「這兩人照老夫看，還是儘快讓他們回陸上的好。」

醫官診治後，對蛟王稟告。

「有性命之危？」

「本不該如此，不過他們似乎去了不少地方。頻繁變換水土，一時調適不過來，本就容易出差池，只是剛好在此地撐不住罷了。」

蜃卿開口道：「兩國至今恩仇未泯，還是先送回，以免節外生枝。」蛟王道：「他們是來找人的，可能單獨回去嗎？」

蜃卿道：「那也只能讓他們把人帶走了。」

蛟王心煩意亂的在室中來回踱步，良久，終於下了決心，「就這麼辦吧！」

在一陣巨大的噴泉將三人送回宣平主府的池塘中後，府中上下連忙趕來扶的扶，抬的抬，將人送往屋內休養。

回到陸上後，三人情勢陡然好轉，只是有些頭昏乏力，並無大礙。

何岐看了天色，想起這晚還得執夜，便打算強打精神回官署。

眾人挽留不得，打算送他到前門時，突然發現府上的槐樹下站著一個人。

那人見了他們並不感到驚奇，反而笑道，「時辰還沒到呢？先聽我說個故事如何？」

※※※

良帝五十年，黍國。

西廂房傳來陣陣強抑不住的哭嚎聲。

負責照顧孩子的乳娘哭得撕心裂肺。哀聲中除了傷心、對生命消逝的痛惜，還伴隨著獲罪的恐懼。

幾個婢女忙著善後，安慰著自責不已的婦人。

這天本該是喜慶之日，如果那個娃兒能多活幾個時辰，他就是府上迄今活至兩周歲的孩子了。然而隨著清早死訊傳出，無邊的陰霾就籠罩著府邸。

這意味著皇帝期待看到幼子有後的盼望又再一次落空了，自從府上有了嬰孩誕育後不過數日即轉眼夭折的悲酸經驗，對於這方面的事就格外謹慎，唯恐招了鬼神之忌，然而種種努力在這個早晨證明了一切仍是徒勞。

皇子紹的傅姆召氏很快的趕到，僕役們在她調遣下訓練有素的移動著府中的擺設布置，並加以灑掃，以驅逐這不祥之氣。

因兒女接二連三的亡故，皇子紹至今膝下猶虛，

身為皇帝偏寵的幼子，他的子嗣何時降生並順利育成，格外的引人期待。

皇子紹的生母吳姬十分在意此事，除了想方設法把具宜男之相的人送到他身邊，也讓人暗中找尋求子祕方。無奈皇子身不二色，一心只在夫人身上。對於旁的女子始終視若無睹。

說來子息艱難並不是什麼奇怪的事，民間為了求子破費百萬錢的時有所聞，只是在他這樣事事順遂的人身上格外突兀罷了。

除了求醫之外，這幾年下來，太常派人也不知來了幾次，總查不出犯了什麼忌諱。

記錄禁忌的《日書》上，編連竹簡的皮繩早因屢屢查閱而脫落多次，府中上下對那些禁忌如：「治宅不居必荒、內財不保必亡、蓋房必見火光……」個個琅琅上口，沒人擔得起害皇家無

後的罪名。

府中儘管騷動不安，皇子紹立在廊下，恍若未聞。

夫人數個月前才在娘家因故逝世，如今他們間聯繫而成的血脈也斷絕了。

一切就好像上蒼要在他的命中留下缺憾。

他能隱微感知到這背後的警告之意。真是因為自己盈滿則虧嗎？

他不能不去想，長兄的兒子來年就到了弱冠之年，這個姪子一向深得父親歡心，連帶的對大哥的臉色也好看許多。當然，以自己得到的殊寵，去關注這些，未免有失氣度。誰都知道皇帝獨鍾幼子。

遺憾的是，天子之心不等於天意。

兒女頻繁死亡的謠言，隨著他年歲漸長變得更加詭異。

他自然不能不有所應對，可惜瞞得住外人的耳目卻抵不過府中人的親見耳聞。自從他無意中撞見僕役因恐懼而私自祭拜不明鬼神之後才發現，事態比他所想的要糟得多。

子女是皇家的所有物，即使是活不了就成了哀乳之鬼，也不能隨意埋葬。傅姆很快的安排人入宮稟報，好做接下來的喪葬事宜。

自從正妻患上狂易之症，歸娘家養病後，府上的內務就交到了從小撫育他的傅姆手中。她除了忠心不二，臨事決斷更是俐落有度。在她的掌握下，這些醜事只會留在二門之內，連大門的門檻都還搆不著，就會受到種種手段阻撓而湮滅。在維持府上的光鮮體面上，他的傅姆堪稱稱職。

皇族的一切皆該是和美的，就像父親那恆常和樂融融的後宮。

孩子的乳娘還在哭泣，但哭聲漸弱，夾雜了傅姆的威嚇，繼而只剩抽咽，終而止息。

皇子紹聽得心煩意亂，移步來到前堂，命人備上酒來。

這種時候，察知主人心緒不好的老僕，早遠遠的躲開了。

皇子紹雖不像其他勳貴一般，一個不順心就草菅人命，傅姆卻不會忘了責罰惹怒皇子之人。

上來服侍的是一個陌生的女婢，外貌粗看之下像是個夷人。這幾年朝廷徵調數萬男子打下幾個不臣之邦，此女大約就是其中一國之民了。

在凱旋大典與獻俘儀式後，各國戰俘由宮中分賜給諸侯貴人。這就顯出了天寵厚薄。健壯力強的自然由皇室勳貴先得，接著照親疏一層層下推，衰老殘疾就給打發去操些國中賤役，直到不堪勞苦而瘐死。

皇子紹看慣了狡童美婢，倒不覺得這人有什麼特殊之處，想是在那批人裡，這樣算是好的。正想著，他不經意的多看了婢女一眼，正感熟悉時，定睛一看，不禁愕然。

「奴婢告退。」婢女一直沒得到他的回應，只得又告退了一次，只是皇子依然置若罔聞。皇子紹臉色怪異的沉默著，待傅姆忙完了那頭的事，正要過來勸解幾句，一看這副景況，立刻繃著臉，出言問：「誰讓妳到這來伺候的？」聲音透著寒意，看來是強抑怒火。皇子紹若不在場，大概她立時就要賞人一頓斥罵。

皇子紹定了定神，揮手示意女婢退下。「沒什麼，妳下去吧！」

「是。」

傅姆見人走遠了，方才沒好氣地開口解釋：「真是，這都是些什麼事！人是宮裡送來的，總不好隨便給打發了。這些奴才個個又懶又笨，照老身說就是欠抽，皇子要是別對他們那麼寬厚，照宮裡的那套，皮抽爛了，人也老實了。」

「阿姆，妳也覺得很像吧？」皇子突然問道。

「哪裡就像了！一個外方蠻夷，能和遂國的貴人比嗎？」

傅姆滿心不悅的否認，皇子紹娶的夫人說起來還是美的，除了一臉的憂色，和這個女俘沒半點相似，若真要說有什麼共性，就是兩人在她看來都是招來不幸的不祥之人。

「阿姆，妳也顧忌的太多了。」

自從夫人被遣回娘家，與她有關的一切物事都被收入庫房，能到皇子紹跟前的人則都是些但求無過的人選。

「我能不留心嗎？至今好有幾年了，您啊……，轆轤話老身就不說了，道理您不是不明白啊！」召氏一臉的語重心長。

「她之前一直病著，後來人也不在了，總不好……」皇子紹終是沒能再說下去。「皇子是長情之人，」傅姆斟酌著字句，「可是天家人最不需要的就是長情。」

「我非太上之人，豈能忘情。」

「若皇子有情，就把這情拿來想想吳姬娘娘吧，她就只有你一個孩子，所做的也無非是為了你。」

「我豈能怨怪母親，一切總是我不成器罷了。」

傅姆憂心的看了他一眼，「皇子切莫喪志，祖宗在上，總是護佑著您的。」

「祖宗？」他苦笑著說，「祂們不降責於我就夠了。」

「皇子……」

「日後用人就別再避忌了，外頭總是些粗笨的雜活，她豈能勝任。」傅姆心知勸說無益，只得應了他，然後無可奈何的離去。

皇子紹看著她退去後，陷入了沉思。

很長一段時間，闔上眼睛，與妻子的往事總是歷歷在目，特別是那些令人悵悒的。

接二連三的喪子打擊使她憂傷成狂，言行失度，甚至視親兒為妖鬼，欲殺之後快。此期間讓人請了不少大夫，甚至在府中大儺，總治不好。後連皇帝那邊也知道了，發話讓他好好處理。

為了不使聖心憂慮，皇子只得把她送回娘家，這樣一來又得堵截流言蜚語，到後來，傅姆索性把來府上稟報的夫人娘家人拒之門外，做出決絕的樣子來。

皇子後來幾次夢見妻子，總看她眼睛裡飛舞著恨意，像怨著他的不聞不問。

雖然，在她意外亡故的消息傳出前，他是真心想著有朝一日她好全了，興許可以團聚，可到頭來終究事與願違。

於是有人說，這都是因為先人之過。先人自然不會是皇家的祖祖輩輩，而該是出身邊鄙的吳姬的祖上，她那不夠光彩的出身和取寵的手段向來引人非議，藉她孩子的事往她身上再潑一盆汙水只是舉手之勞。

母親在後宮中的流言他並非一無所聞。最為刁毒的是說她素習「婦人媚道」，將君王的愛寵移轉到身上。這種謠諑從未歇停，卻也總不奏效，當今聖上最不信的就是邪了。

只是光有皇帝的信任並不能保證母子二人後半生的平安。

誰都知道：皇帝日漸衰老，和大臣們爭論起繼承問題只會越來越力不從心，若是讓一個仇視他們的嬪妃之子成為下任皇帝，那麼，會有怎麼樣的下場，誰也不敢說。

在這滯悶的氣氛下，皇子紹也只能在府中一日日的等待那不可知的一切降臨在自己身上。

※※※

傅姆雖全權掌管府中下人，但皇子的話也不好不聽。後來派給夷族婢女荳蔻的工作明顯輕鬆省事許多，儘管依舊不令她見著皇子，但對她而言，見不見得著主人，根本無需放在心上。

飼育府內豢養的禽鳥，整理草木一類的雜務，本是她所擅長的，在她所生長的那片沃野之地，人能意會鳥獸的話語，彼此各安天命，不像此國的人都將牠們或圈禁或驅逐，日常所能見的多是供朵頤、役使的，看上去肥滿而缺少靈氣。

她得閒時，喜歡在樹下諦聽鳥鳴，鳥兒細碎的聲響如同耳語，必須留神細察。從鳥囀中，她新知悉了不少小事，像是去年某窩鳥叫聲太過擾人，被家僕拿竹竿給掀翻了巢這類的小道消息。

只是這天，鳥叫聲顯得怪異而焦急。

「唧唧，昨晚怪蛇又來了。」

「每次入宅就死人的怪蛇？」

「是啊是啊，真是兇殘。喳喳。」

「看好了，別讓牠上樹來。」

荳蔻往樹上望去，幾隻麻雀又叫了數聲，往樹葉濃密處飛去。

這天夜裡，她總睡不安穩，到了月上中天之時，她躡手躡腳的鑽出被窩，從僕役房步往庭中。那蛇似乎必行經樹下，若去守候，說不定能見著。

她才走近數步，就看見了火光。本該擁衾高臥的皇子，此時卻出現在庭中。只見他一手持銀釭照明，一手按劍戒備，等看清楚是她，出口問：「這麼晚了，起來做甚？」

荳蔻沒能回答。

皇子盯著她，似乎想著要用什麼話盤問。

在他開口前，幾不可聞的嘶聲自附近傳來，聲音是那麼細微，可她沒錯過。

皇子順著她的視線看過去，赫然見到黑暗中一條長蛇以「之」字形攀牆而下、滑行而入，速度極迅疾，地上的塵土都給牠帶得飛揚起來。

荳蔻正要上前去瞧，皇子阻攔道：「找死嗎？」毅然拔劍出鞘，亦步亦趨的跟著蛇跡而去。他見荳蔻欲跟隨，下了指示道：「快去找人來，讓他們帶上刀、棍。」荳蔻遲疑了一下，還是照辦了。

皇子紹還是生平第一回見到這等龐然怪物，奇怪的是心中毫不感到驚詫，他隱約預感到他會從這蛇的出現中查出什麼線索來。

怪蛇鑽入了他的寢房時，皇子並未跟進去，只是守在門口，待其巡過一圈徒勞而出時，以流星趕月之速往七吋處刺去。大蛇挨了這一擊忙把身一滑，向一旁逃竄。

皇子心神微亂，他記得自己分明扎中了，竟沒把牠扎死，他更沒想到這孽畜還有後招。大蛇人立起來後，急急向他撲去。

皇子手腕用勁，把劍向上一撩，立意在把牠開膛破肚，這一式果然奏效，那蛇像是氣力用盡，登時一灘爛泥似的倒在地上。

「天教你撞在我這把伏龍劍裡。」皇子看著那蛇顫抖著綻裂開來，蛇皮褪去，從中爬出一個人，伏在地上一陣狠咳後，嘔出了一口血。

府上的衛士此時才舉著松明火把趕來，一面向皇子行禮，一面亡羊補牢似的把人團團包圍。半夜被喚醒，誰也不高興，又不能露在臉上，幾個躁進的忍不住把氣撒在闖入者身上，又踢又罵。

皇子只冷冷地提醒：「還沒審呢！別把人打死了。」

※※※

「你若供出勾結了誰，管保饒你一命。」

「還是打算讓我們把你交由廷尉審，讓酷吏從你口中撬出幾句實在話來？」皇子的家令徹夜審訊蛇皮人，到天明依舊一無所獲。

當務之急是找出背後受誰支使，以做出防備。可這個有著異國容貌的賊人一口咬定是為報國仇而來，府上的枉死之人都是他加害的。

「亡我祖國，壞我衣冠，此仇不共戴天。」

皇子來到審訊處時，此人依然嘴硬的堅持著那套說詞。

家令還在斥責：「說得倒是豪壯，只是你謀害的可都是婦孺，算什麼好漢！」

「小畜生長成大畜生不就又能去禍害他國了……」「你這條喪家狗，哪來的本事，說，到底是誰指使了你！」

「指使我的是天地良心。」

皇子看著他，輕聲說：「你別枉做了冤鬼，煽動你的人怎麼應許你的我是不明白，不過他看來是不會在意你的生死。」

「看看你發黑的指甲，他是不是餵了你毒？只要你說出是誰，我府上珍奇多矣，不愁沒藥救你。」

那人只是恨恨的喊了句：「你盞國人個個不得好死。」就倔強的不再說話。不出一個時辰，那賊毒性發作，在抽搐幾下後，無聲死去。

皇子面無表情地看著那牙關緊咬，雙眼暴凸而出的屍體。自語道：「找到這等人當死士，就以為我抓不到嗎？」

『走著瞧吧！』他心道。

※※※

入秋後，人們趕著製冬衣送往邊塞給戍邊的軍士，近來民居之處總可聽見附近此起彼落的搗衣聲，擊在衣砧上猶如思婦無盡的心意，聲聲不斷。

皇子將一張蛇皮攤開又捲起，捲起又攤開，如此數回，好打發時間。在聽了近半個時辰的搗練聲後，終於等到了僕人通知他客人來到。

這幾天來他表面上擺出醉生夢死的樣子，好讓大家以為他心緒消沉，背著人則讓幾個府上的門客積極替他尋找善於探案的能人異士。

門客為他引薦了一位曾為朝廷「跡射士」的老叟。此人在追尋各類蛛絲馬跡上別有一番見解，因而生涯中曾獲不少刺史延攬，還曾得過朝廷賜爵。後因年老而解職歸鄉，現以教授徒弟為生計來源。他歷任的官職雖不大，拜在門下的不乏才俊，出師的幾位後來皆以善斷疑獄聞名。

於是皇子挑了一個夜晚在一戶人家闢出的一間密室與他約見。

在聽了皇子的簡略敘述之後，老人似未懷疑他的身分，沉吟許久才開口：「您可曾與人結怨？」

皇子問道：「不知您所言的結怨所指的是？」

「奪人所愛。」老人解釋道，「復仇往往是以彼之道還施於彼身，若是為了解氣，就該有個合於常情的理由。」皇子聽了此話不禁心中惱怒，答道：「絕無此事。」

老人看了看他，有些憐憫的說：「那就是『匹夫無罪，懷璧其罪。』了。」皇子想了想，請託道：「還請老丈助我雪恨。」

老人看了他的神色，婉拒道：「此事老朽無能為力，但能助您提防此人。」他將身旁一樣以黑布覆蓋的物事推到皇子面前後，揭開了布。皇子只見篾片織就的竹籠中，有隻黑糊糊，毛茸茸的畜物。老人說那是隻鼴鼠，是他為了探查特意培育出的。

「此鼠目盲而耳背，唯獨能嗅聞，且久久不忘。即便是下過大雨，三日前鄰家癩皮狗在您牆根撒的一泡尿，牠也找得出來。」

皇子見他如此，也不好再強求，只從袖中取出錢囊予他。

老人客氣地把錢囊推還，有些歉然的說：「您若是能答應從此不再履跡此地，不再尋老朽，就是對老朽最好的回報了。」

皇子點點頭，也沒收回錢囊，只說道：「老人家，多謝了。」旋即提起竹籠出門，轉身消失在夜幕中。

老人看著他離去的身影搖了搖頭，長長的嘆了口氣。

※※※

翌日，皇子從竹籠中抓出鼴鼠，取來蛇皮，放在牠鼻前讓牠辨認。

此時離惡蛇入宅已有數日，雖然他著意保留痕跡，府邸附近又少行人經過干擾氣味，他還是心裡沒底。然而除了在此條路奮力一搏，他也沒有別的法子了。

等鼴鼠聞夠了，皇子提著牠來到當初蛇鑽入宅的牆外，任牠爬行而去，自己一路在後緊跟。

那蛇當初選的路線相當僻靜，皇子想都沒想過還能這樣走，心下不由得感到往日自己處境的凶險。走了許久，鼴鼠最終停了下來。

皇子舉目看著那熟悉又陌生的府邸，眼底已悄然瀰漫起殺機。

皇子再次要門客替他引薦奇人。

這回令他在城外窩棚中開了眼界。

此處集中住著操各種賤業的流民、乞丐、受刑罪犯、殘病之人和許多衣不蔽體的窮鬼。

在這種地方，一個挑大糞的說自己算是個貴族也不為過。

因著極度匱乏以及朝廷疏於管理，這裡常成為各種不法交易的場所，久而久之有了魖市之稱。

皇子的門客就是在這裡替他找到那專門收藏、炮製毒葯的藥師五毒君。

在皇子表明來意後，五毒君開門見山問道：「您要有悔的還是無悔的呢？」皇子答：「能殺人的。」

那人自顧自地說：「有悔的有解，無悔的則藥石罔效。」皇子問：「既決心要下毒，又要解藥做什麼？」

「所以說是後悔藥。」

「給我無悔的吧！」

「每個回頭來找解藥的當初可都像你這麼篤定呢，可惜事後總不認帳，要不是有人引介，我還不打算見你。」

皇子紹聞著此地不明的異味，人是越來越不耐煩，他粗魯的問道：「如果有人殺了你的兒子，你會用哪樣治他？」

那人看了他一眼，「那還得看那人該不該死。」

皇子紹反問他：「你覺得有哪個殺嬰孺是不該死的嗎？」

那人抬起眼皮看了看他，想了想，眼神轉為深沉。最後，下了決心似的，轉身至後堂取了一個瓷瓶來。

皇子紹問：「據說你要的報酬非常奇特，我無法肯定自己付不付得出。」聽了這話，五毒君臉上只是扭出一個奇異的笑。「你一定辦的到。」

※※※

皇子紹在油燈下和一個村巫商討著符咒。

「必須得讓這皮沿著來時路一路爬回去，回到牠主人的手上。」

村巫點頭道：「不難辦，最好裏頭再配一條蛇骨，縫起來，弄得逼真一些。」

這村巫十分年輕，還只是個半大少年，本出身一個貧困的村落，成長過程中遇上幾次瘟疫，無師自通的從牲畜的死屍摸索出了一套驅策之法，自後便以此術謀生。只是這種駭人的術法難為一般人所接受，他平日皆以傀儡師的面貌示人，在百姓面前表演那神乎其技的「操偶」技巧，換取餬口的幾枚銅錢。

皇子紹在找到此人時終於確信自己復仇之計能成，因而這幾日顯得格外平靜。客氣的送走村巫後，他解開衣袍，查看著自己的身子。

這幾天他的腹部仍隱隱作痛。

被刀劃開處與縫合處如今只剩下紅絲般的傷疤，若非這痕跡，他很難想像曾經發生在身上的事。

五毒君要求切下他的一塊肝時作為交換時，他還以為是在說笑，等五毒君解說起方法時，他不答應也不行了。

過程並不難熬，他只飲了一碗痲沸散就失去了知覺。再醒來，只見肉塊放在一個漆盤上，血淋淋的，看起來跟肉鋪上的沒什麼不同。

五毒君指著它說道：「這就是後悔藥的解藥。」

他看著皇子紹說，「很少有人的肝可以製藥，需得是心腸乾淨之人才行。」

「只是，一旦你將毒藥用於他人後，你也不會是原來的你了。」

他將漆盤捧起，說道：「跟它道別吧，今後，你就是另一個人了。」

皇子紹挑眉冷笑，「求之不得。」經過那一事，皇子紹反倒深信其毒藥之威，因此沒拿活物試驗成效。

※※※

在準備俱全後，皇子紹在蛇腹中抹毒，小心縫合後，讓村巫在府中施咒，自己悄然跟著蛇後而行，直到親眼看著蛇身鑽入了門中。

待他回到府中，村巫向他報告，表示禍水已經回流至釋出者的手中。

皇子紹命人給村巫一筆報酬，以及預先買通人辦好的通關的符傳文書，讓他火速離開國境。

一切處置妥當後，皇子紹渾身乏力的癱倒在榻上，腦中卻怎麼也停不下來。

他既希望盡快聽到仇人暴斃的消息，又希望翌日依舊是無事的一天，這樣他就可以說服自己，並沒有誰打算謀害他，而他的孩子們僅只是年壽不永而已。

就這樣輾轉難眠了數天，一直沒得到任何消息，在他以為自己失敗時，他聽到人暗暗的傳遞著一個謠言。

※※※

他那大姪子病了。

這個謠言在皇帝宣布為皇長孫輟朝時終於得到證實。

從種種徵象來看，他就是中了那奇毒。

皇子紹曾想過，若被朝廷偵出，謀害自家人會是怎麼個下場，然而他不曾後悔。

尤其在知道龜卜結果是當事人咎由自取後，他就澈底硬了心。

基於禮數他去探視了一回，並沒見到病家。流言蜚語說病人頭臉潰爛得早不成人形，推說不好見人，怕過了病氣，其實也就是一口氣還沒斷而已，岱嶽府君那兒寫上他的名籍，已是遲早的事。

皇子紹應景似的安慰了大哥幾句，遣詞生疏而客氣。

大哥竟回應他：「永言配命，自求多福。」木然的眼睛中，是全然的哀慟。

來訪之前他本認為自己會忍不住親口控訴姪子的險惡行徑，再破口大罵大哥養子不教枉為人父。

然而他只是說著無關痛癢的空話。

「大哥節哀。」他言不由衷的說。

歲數的差距和生母間寵辱的懸殊，使他們少有交集，一旦交集上了，又是這樣的事，這樣的場合。

懷著說不清的情緒，皇子紹與大哥草草告別。

皇子紹走後，一直作僕役裝扮的兩個男子齊齊前來見大皇子絕。

他們一個是鑒貌師，一個是望氣士。皆是大皇子厚幣請來的，幣占的結果預測慰問的賓客中羼進了知情之人。

「他的氣很汙濁，近來肯定為惡害人。」望氣士道。身為啞巴的鑒貌師則在石板上寫道：「神情恍惚，或許虧心。」

「他上個月剛死了兒子，你們別看走了眼。」大皇子提醒。

「其他賓客中並未有可疑之人。」望氣士道。

鑒貌師點頭附和。

大皇子已現衰老徵象的面龐，在經過多日內心折磨，透出疲憊無力的衰頹相。此時聽了他們的話一雙眼睛卻精光暴射。

「他佔盡了天下好處還不夠嗎？」

母親一向飽受冷落，連帶的自己也不受父親垂愛，他自問不曾心懷怨望，但為何自己一個好兒子還要受人這般坑害？

兒子，他世上最割捨不下之人。

不同於父親的寡恩薄情，他與品貌尋常的皇子妃長年相守，多少國戚自嘆不如。對於子女，他向來一視同仁，絕不在明面上厚此薄彼。

他冷笑了一下。

數日前父親又封賞了幾個佞臣，都是逢君之惡的無恥小人，隔三差五的吹捧皇子紹如何如何的年少有為，言外之意甚是露骨。

其中兩個，上月為了爭邀天寵，在朝堂上竟不顧臣體，撕打成一團，也不嫌丟人。就像豚犬爭食，醜態百出。他私下對心腹諷刺。

父親心中的「忠於王事」標準大抵如下：無論是何等瑣屑小事，只要出於天子的意志，臣下就該像賤狗一樣撲上去。

然則他深知，那幫人再兇殘、再能爭鬥，主人隨時一擺手，就能把他們貶為喪家犬，還能自詡法外開恩，畢竟兔死狗烹的前例無數，人主能網開一面，豈不該感恩戴德。

幾個傻弟弟就是沒想到這一層，才弄得兩敗俱傷。

置身事外多年，他把世情看淡了，也把心看硬了。朝堂上的事再不能令他有所觸動。群丑們上竄下跳，他權當看百戲。幼弟沉湎聲色，在他們嘴裡成了至情至性。封地綱紀廢弛，奸民抵抗上稅，明明是幼弟治理不力，卻能說成體恤百姓，簡政惠民。

興許是太過疲累，總感到種種往事匯聚到眼前來。

「父親大人有什麼憂慮之事，還請讓兒為您分擔一二。」

「哪裡就有什麼煩心事了！」大皇子想也不想的一口否認。

在大皇子沉思之時，他的長子，帝國的大皇孫呇正巧來尋他，意外地將父親陰鬱的神色收於眼底看著兒子稚嫩的臉龐，大皇子說什麼也得把諸般心事爛在肚腸。

「父親是嫌兒無能，才不肯吐露嗎？」皇孫呇察顏辨色，關切道。他早非無知的黃口小兒，父親在祖父那裡得到的冷遇，他很清楚。

大皇子強令自己恢復了溫煦的神色，顧左右而言它：

「今兒去見陛下，可還順利？」

然而言笑宴宴的兒子，神情一時凝固了。

「怎不回答？」大皇子問。

皇孫昝沒有回答他。

大皇子只見兒子的身影在眼前寸寸剝落，直至成為一具白森森的骨骸，令他重溫了孩子病中一幕幕教他椎心的景象。那時府中的哀號聲繞樑不絕，他心痛的希望自己立時聾掉。

大皇子在榻上睜開眼睛時，四周的人登時放下了久懸的心。下人小心地稟告了他哀毀過度因而暈厥。

大皇子一句也沒聽進去，此時的他，滿心只有一個念頭。

睜著布滿血絲的眼睛，強打精神下令：「去，傳那個巫者上來。」

大皇子起用的巫者名叫玄魘，是個未在朝廷名籍記錄的野巫。善於侵入他人夢中，窺伺陰私。十二神獸中的伯奇以夢為食，玄魘便是以操弄伯奇來達到自己的目的。

大皇子打算令他潛入皇子紹的夢境中窺看。他相信犯下如此惡行的人必定噩夢纏身。

玄魔附和道：「正是如此。」

※※※

皇子紹猛然睜開雙眼，周圍一片黑暗，顯然離天明還有一段時間。

近來總是在夜半醒來，感到自己曾做了夢，但回憶起來又像什麼也沒發生過。

百無聊賴之際他找來舍人何韡，手談打發時間。

何舍人素以博學多聞見稱，而他的博學來自於：除了求知，一日睡不到三個時辰的勤奮生活。

何韡癡迷棋道，夜半陪皇子下棋並不視為苦差。兩人常一面下著棋，一面談論著無益之事打發漫漫長夜。

這天，兩人說著說著就談到了夢上，何韡聽了皇子的近況敘述，追問了幾句。

「這情況有好些日子了，怎麼了？」

何韡一拍大腿道：「皇子錯矣！」

向皇子分析其中厲害後，他建議：暫以書有五經的竹簡為枕。

皇子半信半不信的答應了。

只是沒等兩人查出原因，對方就出手了。

※※※

大皇子具名控告皇子紹行巫蠱事謀害姪子的行動可謂震驚皇城，緊接著皇子紹反控大皇子以巫術厭勝自己的說法更是讓人瞠目。雙方皆言之鑿鑿，廷尉只得派人搜檢兩家，在折騰數日後，皇帝下令二人親赴宮中對質。

昭明殿中，兩人伏地等待聽詔。

皇帝看著兩人，歎道：「『一斗粟，尚可舂；一尺布，尚可縫，兄弟二人不相容。』，兄弟鬩牆醜事，朕這回可真見識了。」兩人俱無回應。

皇帝無奈，只得命令道：「把東西呈給他們看吧！」一個黃門立刻上去，呈給大皇子一卷簡書。

皇帝道，「你看看吧，他臨死前對祖先上章首過寫的是些什麼。都說知子莫若父，我看未必。」

大皇子展卷讀不到一半就跪伏在地，連連叩首道：「臣教子無方，死罪死罪。」皇帝冷眼看著他說：「哪裡就至於死了呢？你們不也是朕教出來的嗎？」大皇子一語不發呆跪於地。

皇子紹冷冷掃去一眼，心中只覺得他愚蠢得可恨。

「你也別閒著。」

皇子紹揭開黃門遞給他盒子的頂蓋，不意外的發現盒中安放著一顆頭顱，正是那名鬼市藥師。

「人死已矣，就算爭出個誰是誰非，難道能讓人活過來？」皇帝沉痛道，「這事朕自有主意，朕今天是管定了，你們只有照辦。」

兩個黃門端了個銅盆上來，放在殿中。當兩把刀呈在托盤上被送上來後，眾人皆明白這是要歃血為誓了。

歃血之誓的施行方法為立誓之人共同滴血於銅盆中，作為盟約。一旦成立，便得遵守諾言，否則會遭受天譴。

一般來說都是心甘情願的，像這樣強逼起誓的實在聞所未聞，看來皇帝是真束手無策了。果然那盆中陰刻著兩人生卒年月，以及誓言：「若手足相殘，教我鬼神共擊，祖宗不祐。」大皇子看了看，面無表情的接過刀來，在手掌上俐落一劃，任由血像一串瑪瑙珠般滴滴答答的跌落盆中。其中一個黃門還忙著幫他紮裹傷處，另一個已捧盆走到皇子紹面前來了。

皇子紹瞪眼看著他，一言不發的杵在原地。

「請皇子伸手。」

皇子紹不肯理會。

他雙手緊握成拳，怒不可抑。

憑什麼呢？

他可是家破人亡，而大哥死了一個兒子就算完，這可還有天理？

在僵持中，年邁的皇帝蹣跚地走上前，拉起他的手，不由分說的拿刀劃了一道，隨著溫熱的血流入盆中，皇子紹的心只覺得一點一點冷了下去。

※※※

從皇宮回府後，皇子紹猶如變了一個人。

他一改以往的消沉之態，開始鎮日作樂，府中三天兩頭笙歌達旦，日日宴飲無度，有時醉了，縱馬在街衢上狂奔，時時引來擾民的惡評。

皇帝派人降旨譴責時，常遇上皇子紹爛醉如泥，連冠也戴不正，被下人硬是架著接旨，怪相百出。

府中人對傳旨的謁者每每得好話說盡，才能撫平對方受辱的怒氣。

傅姆遇上這事也沒了主意，成日只是流淚。

在這樣的景況中，還肯與皇子紹來往的照理說應比鳳毛鱗角還稀少，可偏偏就是有。

這天，蛟王子再次以水遁術出現在塘中。

皇子紹看他以蛟形現身再轉為人身，不禁讚嘆一句：「君果然非池中物啊！」

「皇子謬讚。」

這蛟王子住在有「蠻夷邸」之稱的金波府。離此處頗遠，因此常以術法方式移動。

他的身分名義上為嬌客，實為質子，除了衣食無虞，也就是個金籠裡的囚徒。

這王子自從來到鋈國，因水土不服，始終胸懷不暢。皇子紹偶然聽說了，便暗中相助幾次。兩方本來一直是平淡如水的交情，誰想的到在皇子紹這般境遇下他還願意往來呢？這王子起先只是和皇子紹交流些家鄉見聞，後來漸漸熟稔，便時常與皇子紹研議起往後的安排。

身為質子與局外人，蛟王子看出皇子紹的處境不容樂觀，便想替他籌畫。

可惜皇子紹不願牽連他，總是婉拒。

「吾乃大綮國王子，豈能知恩不報，有難不救？吾意以為，修書請貴國派您至我大綮作客，以結兩國之好。若真不成，出奔至我國暫避風雨，亦不失為緩兵之計。」

皇子紹只能心領其盛情：「君之高義，真可稱得上是『今之古人』。」他想起其餘幾個哥哥對自己避之唯恐不及的鬼樣子，不禁冷笑。

「還請皇子務必慎重考慮。」蛟王子只能這麼勸說。

蛟王子再次出現在塘中時，把皇子紹嚇了一跳。

「被監視的眼線發現了。」他半身浮在水面上，水下卻是一片殷紅。

皇子紹急忙要拉他出來，「快快入我府中，尋醫救治。」

蛟王子搖搖頭，釋然道：「吾命數到頭，終是不成了。幸而還能一報君恩。」

皇子紹不忍道：「君何必冒這等險。」

蛟王子只是勉力的報訊予他：「令尊彌留，大皇子已掌控帝畿禁軍，皇子宜早做……圖謀。」一把話說完，蛟王子隨即消失在水中，只餘池水上還隱隱漂浮著刺鼻的血腥氣。

金波府中，蛟王子的身體在池裡飄盪，像一段草繩似的隨波而動。等下人發現打撈起時，身體已經泡腫了。

也是那日，宮車晏駕，皇帝駕崩宮中，遺命由大皇子即位。

皇子紹還沒從震驚中回過神來，緊跟著噩耗又來了：吳姬自願殉葬。

他壓根不相信。

母親是不會尋死的，縱然今日死在前頭的是自己，恐怕亦然。也許痛苦，也許傷心，但她絕不會為此輕擲性命。然則他縱使懷疑，又往哪裡去求證呢？

※※※

為大行皇帝發喪尚需時日，偏偏碰上閏月且吉日難定，宮裡的情勢，每天都有變化。

皇子紹除了到宮中哭靈外，回府就是忙著安排下人的去處，他有預感，自己是在劫難逃了。

這天他剛把最後一批財物分給不願先走的忠僕，就聽到府外雜音不斷，僕人哭喪著臉來報，說甲兵包圍了府邸。

皇子紹安慰他道：「他們要的只是我的命，你們早答應了我不抵抗，絕對會無事的。」那僕人見他如此，不禁哭了起來。

皇子紹回到自己房中栓上門。

外頭的兵士已經鼓噪著要衝入。只剩廷尉還在裝模作樣的宣讀他的二十條死罪所本為何。抽出珍藏的寶劍，他心底反常的一片澄明。這是父親特地賜給他的，期許他能外伐蠻夷戎狄，內誅亂臣賊子，堪當上輔君父，下拯黎民的賢王，諷刺的是，到頭來，自己竟成了這把劍討伐的對象。最後的體面，終究要靠自己保全。本國風俗，男子以不畏死為勇，當年開國功臣陶弘被天子質疑有不臣之心，為了自證清白，以死明志的前例，向來為後人所樂道。皇子紹雖無留名丹青的大志，但在這退無可退的關頭，由不得他另作它想。

他面向皇宮方位跪地稽首，閉眼橫劍抹頸。

登時血霧噴薄而出，在抽搐了一陣後，身體像是斷了牽繩的傀儡般攤在了地上。

荳蔻在門外呆立著，手中握著皇子紹交給她的玉蟬珮。

他說，等風頭過了，把它典當，夠妳離開此國到一個安樂處度過後半生。她當時竟沒有意會到那是訣別……

即便近來皇子紹有不少出格之舉，她也未曾因此產生成見。

刺客風波之後，若非皇子紹力保，自己一個亡國異邦人，還不知道要受多少懷疑和側目。更別說平日無意間的關照。這樣的主人，能壞到哪裡去呢？

她正發愣，突然發現血跡自門縫流出，正被她手中的玉蟬珮吸附進去。那只是一時半刻的事，很快的，那血痕就消失了。

外頭的兵已闖入府中，為了誰能拿皇子紹的頭回去交差而大打出手起來。

親眼目睹敵國之人自相殘殺，分明該感到快意的。但她只覺得胸中空盪盪的，像是誰挖走了她的心一般，感受不到悲喜，惟有愣愣的任莫名的眼淚奪眶而出。

皇子紹橫劍自盡後，府中人被視為從犯，紛紛流放邊地。

不久，即位的大皇子和其從宗室中收養的幼子先後暴卒，人人說是天譴，諸皇子為爭位互相討伐，天下陷入長期戰亂。

又三年，新帝登基，朝廷大赦。

※※※

「那位新帝，就是大公子的祖父了。」

大公子已認出說話的人是那位卜肆中的鹿眸男子。

只是他怎麼會在此處，實在難解。

鹿眸男子看著他們笑道，「還有一段，你們聽完再說話也不遲。」

荳蔻因其戰俘的身分，大赦後回到帝畿，後被發配到宣平縣君府上，就是現在的宣平主府。

流放期間，她身上的玉蟬珮因吸收日月精氣，有一日竟令玉中的皇子紹魂魄現身了。在皇子的陪伴下，她最終化險為夷回到了帝畿。

經過多年，皇子紹漸漸淡忘仇恨，於是要求荳蔻將其玉埋於樹下，令其安息。

荳蔻自此之後便留在府中為婢，直到一天一個昔日同胞找上她，說起復國的計畫。

她久違的鄉愁自此不能斷絕。

白鹿之國的第一個子民是一個婦人履天鹿足跡而生下的。

白鹿國的女人承繼了這項能力，能獨自與天地之氣交感，化育後嗣，只是如此未經婚配而育的子女往往如照本宣科般承繼了生母的一切，像是又生出了一個新的自身，因此非不得已，皆不行此術。

然而荳蔻並沒有別的選擇，昔日國人四散，就算婚配也是身不由己，還不如自己化育後代。因此在她下定決心後，她以槐樹之花為媒介，吸食了花粉，以補孤坤之氣的不足。

府中的時光過的飛快，孕育近兩年後，她獨自誕下了一個男孩。誰也沒感到奇怪，像這般下層婢女未婚而產，本是稀鬆之事。

鹿眛男子說，「母親一直以為我是她獨力孕育的，我也曾這麼想，直到我們離開此國後，我開始夢到一個男人，他說他是鋈國皇子，與我有血脈之連。他說，若我不信，可至一口枯井尋一把伏龍劍，此劍只有他那支的血統才能操控。」

「後來的事，也就不用多說了。既然承繼了他一部分，我便得替他盡責。

比如曾為他討伐暴君的義士，我也必須負起解救之責，那亂葬崗的冤魂就是我用墓券、買地券贖走的，我這幾年行南走北，也是為了此事籌錢。讓人去直訴，也是想讓朝廷還他們一個公道。喔，蛟國的太王太后那裡，也是我送藥讓她延命至今的。至於青絲和聽我調令買文書及幫忙生意的，是曾受我恩的蛇精，望你們別為難他們。」男子快速的敘述著，眾人只有聽的份。

直到他語出驚人的說：「而今日，我血緣上的父親，就會重現人世」

眾人這才發現，不知何時樹旁的土露出一個深坑，一個玉色蟬蛹爬出地面，正在綻開，並從中擠出一個人來。

男子早有準備，連忙將衣物奉上與他穿戴。

目睹此幕的人難掩面上的驚怖駭異。

從來只聽過君子的碧血能化為美玉，沒想到玉還能轉生為血肉之軀。

此時天空忽然聚集起各種瑞獸狀的雲彩，麇集於宣平主府的頂上。

何岐不禁脫口道：「難道是天子氣？」

如此一來，這段期間皇帝得的怪病就能解釋了。

天無二日，他和皇帝相剋，自有一方損傷。身為旁系血脈的當今天子，自然不敵。

皇子紹在即將破土前已重塑肉身，只是深藏地下，不曾顯現。等到他爬出地面，天子氣再也藏不住。

眾人在驚訝之餘，也擔心著他的出現會引起天下大亂，偏偏他是正經的嫡系血胤，誰也束手無策。

幸而這樣的憂慮是多餘的。

只見公子接過男子手中的伏龍劍，端詳起來，一面舒腕運劍。

正當大公子想先發制人時，皇子紹將委地的長髮握在手上，俐落削斷。

剩餘下來的只及肩頭，即便要結成南越國的椎髻也不可得了。

伏龍劍有削金切玉之利，無堅不催，以其斬活物如草木者，則草木不復生長。

他的頭髮可能再也不會生長了。

「吾與此國之義，如同此髮。」皇子紹重現人間的第一句話，便是決裂之語。他那古雅的話音中透出莫測的威嚴。

斷髮紋身者視同棄國之人，他這是將自己與氵黍國的聯繫澈底斬斷了。

鹿眸男子，不無遺憾的說，「照我原計畫，本可以調虎離山，悄悄來去，不被發現的。可惜氵黍國人實在是聰明太過，我甘拜下風！」

皇子紹淡然道：「作個了結也沒什麼不好。」

鹿眸男子敬答：「是哩，」

皇子紹打量著宣平府四周，忽道：「我待不慣這人事全非的地界，還是另覓個好去處吧！」

鹿眸男子忙說：「這個自然，在吾國我已預備了幾處宅第，您只管選。」

皇子紹道：「何必講究，心安之處方是吾家。」

說著，作了個手勢，伏龍劍霎時大了數倍有餘，他跳了上去，劍便慢慢騰空。

「小子，帶路吧！」

鹿眸男子一愣，跟著跳上了寶劍，說道：「往東南方而行。」

伏龍劍有若通靈一般，真駝著兩人，往東南掉轉方向。

御劍的兩人逐漸離地，漸而加速，往天際飛去。

大家雖親眼目送著他們離開，卻彷彿在夢中一般。

他們走後，府邸屋頂上的雲氣迅速消散，很快的就澈底滅失，猶如船過水無痕般，就像一切從來沒有發生過。

※※※

大公子在禁苑向皇帝稟報來龍去脈。

自從不藥而癒後，皇帝在病榻上再躺不住，任誰也無從勸止，只得讓大公子多留意。

這天皇帝屏退了眾人，擺脫了兒子的攙扶，要他好好將原委解說清楚。

大公子便一一重頭說起。

皇帝間或頷首，間或搖頭，大多數時間只是未置可否的樣子。

待他說完，皇帝突然道：「你也快行冠禮了，今後要更加長進，知道嗎？」說完，還勉勵似的拍了拍他的肩膀。

父親長年習武，手勁一向不小，這一拍拍得他肩膀暗暗生疼。

林中幾聲「知了知了——」令他分神了一下。

皇子紹的羽化似乎提前引出了帝畿的蟬。這幾日鳴叫的越發多了。

皇帝突然又問道：「不知他們一家相聚否？」

皇子紹曾來信說，他們團聚時也許就是𨽥國群蟬齊鳴的好時節。

大公子看著飄飛的柳花，還在想怎麼回應父親，身旁一棵守宮槐上突發出「知了——知了——」的聲響。

接著，整個苑林中的蟬就此起彼落的歡唱了起來。

「知了知了知了……」

蟬聲如沸，彷彿搶著回答他們的疑問。

THE END

釀奇幻16　PG1762

源起山海圖經
──金車奇幻小說獎傑作選

策　　劃　金車文教基金會
作　　者　瀟湘神、冷魚、蓼莪、蔣賫、陸如淑、蘘荷
責任編輯　喬齊安
圖文排版　周妤靜
封面設計　蔡瑋筠

出版策劃　釀出版
製作發行　秀威資訊科技股份有限公司
114 台北市內湖區瑞光路76巷65號1樓
電話：+886-2-2796-3638　傳真：+886-2-2796-1377
服務信箱：service@showwe.com.tw
http://www.showwe.com.tw
郵政劃撥　19563868　戶名：秀威資訊科技股份有限公司
展售門市　國家書店【松江門市】
104 台北市中山區松江路209號1樓
電話：+886-2-2518-0207　傳真：+886-2-2518-0778
網路訂購　秀威網路書店：http://store.showwe.tw
國家網路書店：http://www.govbooks.com.tw
法律顧問　毛國樑　律師
總 經 銷　聯合發行股份有限公司
231新北市新店區寶橋路235巷6弄6號4F
電話：+886-2-2917-8022　傳真：+886-2-2915-6275

出版日期　2018年2月　BOD一版
定　　價　300元

國家圖書館出版品預行編目

源起山海圖經：金車奇幻小說獎傑作選 / 瀟湘神
等著. -- 一版. -- 臺北市：釀出版, 2018.02
面； 公分. -- (釀奇幻；16)
BOD版
ISBN 978-986-445-243-9(平裝)

857.61 106023928

讀者回函卡

感謝您購買本書，為提升服務品質，請填妥以下資料，將讀者回函卡直接寄回或傳真本公司，收到您的寶貴意見後，我們會收藏記錄及檢討，謝謝！如您需要了解本公司最新出版書目、購書優惠或企劃活動，歡迎您上網查詢或下載相關資料：http:// www.showwe.com.tw

您購買的書名：________________________________

出生日期：________年________月________日

學歷：□高中（含）以下　□大專　□研究所（含）以上

職業：□製造業　□金融業　□資訊業　□軍警　□傳播業　□自由業

□服務業　□公務員　□教職　□學生　□家管　□其它____

購書地點：□網路書店　□實體書店　□書展　□郵購　□贈閱　□其他

您從何得知本書的消息？

□網路書店　□實體書店　□網路搜尋　□電子報　□書訊　□雜誌

□傳播媒體　□親友推薦　□網站推薦　□部落格　□其他________

您對本書的評價：（請填代號　1.非常滿意　2.滿意　3.尚可　4.再改進）

封面設計____　版面編排____　內容____　文／譯筆____　價格____

讀完書後您覺得：

□很有收穫　□有收穫　□收穫不多　□沒收穫

對我們的建議：________________________________

____

____

____

請貼
郵票

11466
台北市内湖區瑞光路 76 巷 65 號 1 樓
秀威資訊科技股份有限公司 收
BOD 數位出版事業部

（請沿線對折寄回，謝謝！）

姓　名：＿＿＿＿＿＿＿＿　年齡：＿＿＿＿　性別：□女　□男

郵遞區號：□□□□□

地　址：＿＿＿＿＿＿＿＿＿＿＿＿＿＿＿＿

聯絡電話：(日)＿＿＿＿＿＿＿＿ (夜)＿＿＿＿＿＿＿＿

E-mail：＿＿＿＿＿＿＿＿＿＿＿＿＿＿＿＿